숲과 잠

숲과 잠

최상희 지음

해변에서랄랄라

contents

빛나는 버섯

그해 여름, 우리가 들이쉬는 숨 속에는 숲 냄새가 가득했다. 눈 두는 어느 곳이나 싱싱한 초록이었다. 우리는 물속을 헤엄치는 은빛 물고기처럼 부드럽게 파도치는 푸른 공기 속을 걸었다. 눈이 부셔 실눈을 한 채로.

만약 스웨덴에 다시 가게 되면 호숫가 작은 집에 묵어보고 싶다고 생각했다.

"웰컴, 웰컴."
다소 부산스럽게(좋은 의미로) 환영해준 숙소 주인은 우리가 묵게 될 방을 보여주기 위해 붉은색으로 칠해진 이층 나무집으로 성큼성큼 앞서 걸었다. 주인은 몇 가지 주의 사항 - 가스 켜는 법과 쓰레기 버리는 곳, 커피와 티는 마음껏 먹으라는 등 - 을 일러준 뒤 열쇠를 내 손에 쥐어주었다. 주인이 떠나자마자 우리는 그동안 참았던 탄성을 내지른다.
부모님이 외출을 나가 맘껏 놀 수 있는 유예의 시간이 주어진 어린아이들처럼 우리는 기쁨에 넘쳐 좁고 경사 급한 나무 계단을 삐걱삐걱 오른다.

복도 안쪽 문을 열자 몹시 익숙한 모습의 방이 나타났다. 그게 빨간 머리 앤의 다락방이었던가, 아니면 사색하고 글쓰기를 좋아했던 조의 방이었던가. 아무튼 어렸을 때 동화 속에서 봤던 방 그대로였다. 비스듬히 경사진 나지막한 지붕과 예쁜 벽지를 바른 벽, 나무침대와 수수한 가구가 놓인 작은 방. 그리고 밖을 내다볼 수 있는 창 하나. 당연히 있었다.
창밖엔 온통 푸른 빛. 초록 들판이 끝나는 곳에 호수가 조용히 펼쳐져 있다.

비행기 티켓을 구매한 뒤 제일 먼저 한 건 호숫가 여름 집을 예약하는 것이었다. 숲속의 집에 묵으며 아침저녁으로 산책하고 무더운 오후면 잠시 물속에 몸을 담그리라는 것. 그 외에는 별다른 계획이 없었다.

마리라는 이름의 숙소 주인은 여름 집 바로 옆에 있는 카페도 함께 운영하고 있다.

"팬케이크가 아주 맛있어요. 아침 먹으러 와요."

공짜는 아니다. 투숙객에게는 15퍼센트 할인해준다고 했다. 10퍼센트도 20퍼센트도 아닌, 애매한 숫자에 웃음이 난다. 그게 바로 모자라지도 넘치지도 않고 딱 적당한 라곰 식 할인일까. 스웨덴 식 팬케이크에는 메이플시럽 대신 링곤베리잼이 곁들여질까. 어쩌면 우리가 카페의 첫 손님이 될 수도 있다고 생각한다.

"우리는 퇴근하면 집으로 돌아갈 거예요."

마리와 직원들의 집은 시내에 있다고 했다. 그 말인즉슨 밤이 되면 숲속 호숫가 집에 우리만 남게 된다는 얘기였다. 근처에 집은 한 채도 없었다. 천천히 걸어 십 분 정도 거리, 야트막한 언덕 위에 주말에만 문을 여는 레스토랑이 있는 성이 하나 있을 뿐이다.

"아주 조용하죠."

마리가 눈을 찡긋하며 웃었다. 뭔가 재미난 일이라도 펼쳐지리라고 은밀히 예고하는 듯한 미소였다.

저녁이 되고 카페 문을 닫자 마리와 직원들은 작은 전동차를 타고 웃으며 우리에게 손을 흔들어주고 퇴근했다. 어느 나라나 퇴근은 기쁜 일인 것 같았다.

그리고 어둠이 내렸다. 마리의 말대로 사방은 고요하기만 했다. 외부에 있는 샤워장에서 씻은 뒤 숙소로 돌아오는 길에 문득 하늘을 올려다보았다. 검푸른 하늘에 무수히 많은 별이 떠 있었다. 고개를 돌리자 어둠과 경계가 희미해진 집의 이층 창에서 연한 오렌지색 불빛이 새어나오고 있었다.

내게는 살아보고 싶은 집이 있다. 커다란 창이 있고 그 앞에 널찍한 책상이 있으면 좋겠다. 창밖으로는 수국이 피어나고 감이나 석류가 익어가는 마당이 내다보였으면 좋겠다. 담은 있으나 높지 않아 그 너머로 멀리 눈을 두어 오래 바라보고 싶은 풍경이 있으면 좋겠다. 사철 바라봐도 질리지 않고 수수하면서도 아름다운 풍경, 한마디로 말하면 숲이 펼쳐져 있으면 좋겠다.

'성장한 뒤 우리는 세 종류의 집 속에서 동시에 거주하게 된다. 유년 시절을 보내던 기억의 집과 현재 살고 있는 집, 그리고 살아보고 싶은 꿈속의 집이다. 이 세 가지 집이 겹쳐서 하나가 된 집에 사는 사람은, 그렇게 살 수 있는 사람은 인간으로서 참 행복한 사람이다.'

정기용 건축가의 글이 내 마음속에 오래 남아 있다.

어떤 집에서 산다고 하는 것은 때론 그 사람을 가장 명확하게 설명해주기도 한다. 그것은 부동산이 매겨주는 숫자나 등급과는 다른 개념이다. 선반에 조리도구와 식재료를 잘 갖춘 부엌을 가진 이와 집 안 곳곳에 캣타워와 모래가 놓여있는 집에 사는 이의 삶이 조금은 다르리라는 짐작이다. 어쩌면 둘 다를 수용한 집에 사는 이도 있을 것이고 그의 삶은 요리하지 않고 고양이를 기르지 않는 이의 삶과는 분명 다를 것이다.

담장 너머 숲을 뺀다면 내가 바라는 집은 유년 시절 내가 살았던 집과 닮았다. 마당에는 상추와 쑥갓 등의 푸성귀가 자라고 모란꽃을 시작으로 철쭉과 앵두꽃이 피고 한여름 담장 아래 푸른 수국이 피어나고 가을이면 석류와 감이 익고 국화에 서리가 내린 뒤에는 하얗게 눈이 쌓여 지붕 아래로 자라난 고드름에 햇살이 부서져 작고 희미한 무지개가 생겼다. 유년 시절은 행복하기도 했지만 그러지 못하기도 했다. 집을 떠나 넓은 세상을 보고 싶었던 아이는 나이가 들어 오래 전 자매들과 뛰어놀았던 마당을 떠올린다. 시간은 기억을 왜곡시키기도 하지만 기억의 힘은 의외로 세다.

언젠가는 그런 집에서 살고 싶다. 나무와 꽃과 풀이 저마다의 생명력으로 자라나 작은 숲을 이루는 마당에 아침마다 찾아오는 고양이들에게 먹이를 주고 텃밭에서 자란 채소들로 간소한 식탁을 차리고 이따금 반가운 이가 멀리서 찾아오면 차를 끓이고 앵두와 석류를 나눠먹고 그 친구는 내 사는 모습에 흉을 보거나 평가하는 일 없이 마당에서 노는 고양이를 함께 바라보다 이따금 웃는 사람이면 좋겠고 조금 아쉬워하며 산뜻하게 헤어지면 좋겠다. 밤이면 노곤하게 찾아드는 졸음에 미련 없이 읽던 책을 덮고 이런저런 걱정이나 두려움으로 뒤척이는 일 없이 순식간에 잠이 드는, 그런 삶을 살고 싶다. 언젠가는, 언젠가는.

오후 내내 수집 활동에 몰두했다. 예쁜 버섯(독버섯임에 분명한)과 바닥에 떨어진 솔방울과 도토리와 붉은 나무 열매들과 새의 깃털 등등이 수집 대상이다. 아무짝에도 쓸데없는 일이었는데 이런 쓸모없는 일들을 하는 게 의외로 즐겁다.

늦여름부터 가을까지 스웨덴인들은 황금 버섯을 따러 숲속으로 간다.
금빛으로 반짝이는 버섯의 이름은 칸타렐라. 스웨덴인들의 칸타렐라 사랑은 극진하여 칸타렐라 채집 시기를 안내하는 기사가 신문 1면에 실릴 정도다. 벚꽃 만개 시기나 단풍 절정기를 기다리는 것 못지않게 몹시 낭만적이라고 생각된다. 내가 칸타렐라 버섯을 처음 본 건 영화 <카모메 식당>에서였다. 마사코 씨가 잃어버렸다 되찾은 가방 안에 가득 들어있던 황금빛 버섯. 회토리예트 광장의 가판대에 가득 쌓여있는 황금빛 칸타렐라를 발견하고 너무 궁금해서 조리법도 모르면서 사서 집으로 돌아왔다. 그리고 처음 맛본 순간 절로 으음, 하는 소리가 새어나왔다. 이끼 낀 어둑한 숲을 한참 헤매다 오묘하게 빛나는 광채를 발견한 느낌이었다. 누군가는 살구 맛이 난다고도 하는데 아마도 달짝지근하고 부드러워 마치 과육을 씹는 느낌이 들기 때문일 것이다. 수프나 샐러드, 혹은 고기 요리에 곁들이는 등, 칸타렐라는 어떻게 먹어도 좋지만 내가 제일 좋아하는 조리법은 팬에 버터를 녹인 뒤 살짝 볶아 빵 위에 올려먹는 거다. 거의 요리라고 할 수도 없지만 풍미를 느끼기에는 그만이다.
칸타렐라는 쉽게 찾을 수 있는 버섯이 아니라고 한다. 어쩌다 칸타렐라 군락지를 발견한 사람은 절대 아무에게도 안 가르쳐주고 해마다 몰래 따러간다고 한다. 누가 칸타렐라 군락지를 가르쳐준다면 그걸 사랑의 표시로 받아들여도 좋다.

흙이 묻어있는 버섯을 코끝에 대고 숨을 들이쉬니 희미하게
숲 냄새가 난다. 저녁 메뉴는 칸타렐라 파스타다.

우리는 마치 이 집에는 전기도 가스도 들어오지 않아 화덕 위에 물을 끓이고 촛불을 밝혀야 할 것처럼 군다. 그게 어울릴 듯한 집이다. 회칠을 한 부엌 한쪽에는 오래된 화덕이 있고 그 위에 묵직한 주물 냄비가 놓여 있다. 장식으로 둔 것이 아니라 실제로 사용할 수 있지만 바로 옆에 있는 가스레인지 역시 폼으로 둔 것은 아니다. 요리에는 편리함이 필수다. 마늘을 으깨고 마당에서 따온 바질을 만진 손에서 알싸한 냄새와 향긋한 냄새가 난다. 팬에 오일을 두르고 버섯을 살짝 볶아내니 향긋한 냄새가 부엌 안에 가득 풍긴다.

우리는 아무것도 아닌 이야기를 하고 아무것도 아닌 말에 웃으며 파스타를 천천히 먹고 와인과 맥주를 마신다. 축축한 이끼와 새벽이슬과 햇살과 아침의 들꽃과 노란 벌꿀과 목덜미가 부드러운 산양과 멋진 뿔을 지닌 사슴의 맛이다. 아직 바깥은 환하다. 어두워지면 전등 대신 초를 몇 개 켜두고 초가 다 닳고 졸음이 부드러운 고양이처럼 살금살금 찾아올 때까지 어둠 속으로 천천히 희미하게 사라지는 나무와 호수를 바라보며 창가에 앉아 있고 싶다.

창을 열자 신선한 공기가 밀려들었다. 숲, 이라는 말에는 청량한 울림이 있다.

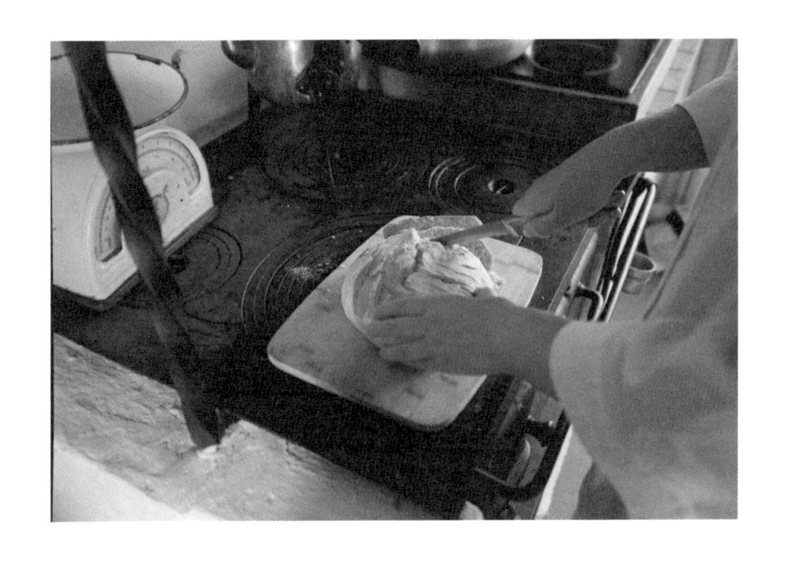

그곳에 있는 동안 일상은 긴 산책과 짧은 산책으로 이어졌다. 냉장고에서 테이블로 옮겨져 녹기 시작한 버터처럼 부드럽고 상냥한 날들이었다. 아침에 일어나자마자 호수를 따라 산책을 하고 집으로 돌아왔다. 산책은 아침에 제일 먼저 하는 일로 어울린다는 생각이 든다. 부엌으로 들어가 물을 끓여 커피를 내리고 밤사이에 조금 딱딱해진 빵을 썬다. 달걀을 삶는 동안 좋은 생각이 났다. 오늘 아침은 호수 바로 옆에서 먹는 거다. 양 조절에 실패한 커피는 넘쳐흘렀지만 이상하게 자꾸 웃음이 났다.

졸린 쥐와 하얀 토끼와 등에 하트 무늬가 있는 고양이와 늘 길을 잃는 여자가 숲속 호숫가에 차려진 테이블에 둘러앉았다. 커피를 권하자 졸린 쥐는 고맙다고 예의바르게 말하고 다시 잠에 빠져든다. 고맙지만 나는 홍차가 좋아요. 미소를 지으며 말한 고양이는 앞발로 수염을 닦느라 여념이 없다. 빵 위에 버터와 잼을 바르자 꿀벌이 날아와 접시 위에 앉는다. 자꾸 길을 잃는 여자는 말없이 커피를 마시며 호수를 바라본다. 어쩌면 길을 제대로 찾았다고 생각하는 중인지도 모른다.

마음에 드는 곳을 골라 여행하는 것도, 이런 곳에 집을 짓고 나무를 심고 창을 내는 것도, 아침으로 삶은 달걀과 스크램블 중 하나를 고르는 것도, 살다보면 수백만 가지의 결심을 요구하는데 그 결정은 우리 자신을 발견하는 여행과도 같은 것이다.

점심을 먹으러 마리의 카페에 들렀다. 두툼한 샌드위치, 팔라펠이나 구운 연어를 올린 샐러드가 점심 메뉴다. 특별할 건 없지만 재료 하나하나 신선한 맛이 나는 건강한 음식들이었다. 반경 십 킬로미터 안에서 마리의 카페가 가장 인기 있는 장소라는 건 분명했다. 처음 이 카페를 찾았을 때 온 스웨덴 사람들이 여기 다 모였나 싶었다. 야외 테이블마다 손님이 가득하고 테이블을 차지하지 못한 이들은 잔디밭 위에 길게 앉아 커피와 케이크, 그리고 덤으로 주어지는 볕을 만끽하고 있었다. 주문을 하기 위해 들어간 카페 안은 텅 비어 있고 직원들만 카운터 뒤에서 부지런히 음식을 담아내고 있었다. 카페에서 가장 인기 있는 건 역시 눈부신 햇살이었다.

카페 바깥에 놓인 아이스크림 통 속으로 어린아이 둘이 허리를 굽히고 있었다. 바다 속 물고기를 들여다보듯 신중하게 탐색 중이다. 아이들의 뺨은 분홍빛으로 빛나고 밝은 오렌지색 머리카락은 젖어있다. 막 호수에서 뛰어나온 게 분명했다. 이윽고 만족한 얼굴로 아이들은 양손에 쥔 아이스크림을 흔들며 신나게 뛰어갔다. 테이블에 앉아있던 노부부가 아이들을 반겼다. 취향대로 고른 아이스크림을 먹는 이들에게서 노란색, 붉은색, 레몬 색, 민트 색, 여름의 웃음이 톡톡 터진다.

여름 집이 있는 티레쇠Tyresö는 숲과 호수로 둘러싸인 고요하게 아름다운 곳이다. 티레쇠에 대해 내가 어떻게 알게 되었는지 잘 기억나지 않는다. 어느 여행서에도 나오지 않았고 인터넷에 검색해 봐도 축구 얘기뿐이었다(티레쇠를 기반으로 한 축구팀이 있는 모양이었다). 알 수 없는 어떤 우연에 의해 내 눈에 띄었고 우연이 좋은 방향으로 향했다, 라고 생각할 수밖에 없다. 아니면 숲에서 내려온 요정이 잠든 내 귀에 속삭여 주었겠지.

도심에서 가까우면서도 몹시 고즈넉한 곳이라 도시 주민들은 이곳에 여름 별장을 두고 휴가를 보내거나 주말에 피크닉하러 찾는다. 티레쇠를 사랑하던 이 중 스웨덴 왕가의 어젠 왕자Prins Eugen도 있다. 스톡홀름 시청사 벽에 프레스코화를 남기기도 했던 어젠 왕자는 일찌감치 정치에 뜻을 버리고 그림과 수집에 몰두했는데 이곳 티레쇠에 머물며 풍경화를 그렸다고 한다. 유르고르덴Djurgården 섬에는 어젠 왕자가 살던 집을 미술관으로 꾸민 어젠 왕자 미술관 Prins Eugens Waldemarsudde이 있다(내가 몹시 좋아하는 로젠달 가든 바로 옆이다). 바닷가 절벽을 끼고 서있는 집은 왕자의 거처치고는 규모가 작고 오히려 소박한 느낌이 드는 곳인데 집을 둘러싼 정원만은 호사스러울 정도로 흐드러진 꽃과 잘생긴 나무들이 가득했다. 그림과 수집품이 전시된 왕자의 거실은 수수하게 아름다웠고 정원에서 꺾은 꽃을 곳곳에 꽂아 두어 사방에서 은은한 향기가 풍겼다. 바다가 내려다보이는 창 앞에 서있으니 왈칵 여름 냄새가 났다.

들판은 어디나 좋은 피크닉 장소가 되어 준다. 몇 해 전 프로방스의 벼룩시장에서 산 식탁보를 깔고 점심 메뉴를 펼쳐 놓는다. 복숭아와 체리, 간소한 재료를 넣은 샌드위치, 냉장고에서 꺼내온 와인은 아직 차갑다. 호수에는 이웃 학교에서 놀러 왔는지, 한 반은 됨직한 아이들이 물놀이를 하고 있다. 높고 맑은 웃음소리와 호수에서 튀어 오른 푸른 물방울. 미지근해진 와인은 더 달콤해졌다. 빛 조각이 일렁이는 호수 건너 짙은 숲이 그 끝을 짐작할 수 없이 이어진다. 호수 위에 바람의 흔적이 고요히 퍼져 나갔다.

설탕절임자두와 검은 숲

먹는 걸 좋아한다. 먹는 장면이 많이 나오는 영화를 좋아하고 책을 읽다가도 음식과 관련된 이야기가 나오면 전체 맥락과 상관없이 열중해버리곤 한다. 프루스트의 책은 열 장도 읽지 못하고 마들렌을 사먹으러 뛰쳐나간 적도 있다고 나는 고백한다.

마멀레이드, 크렘뷔를레, 미네스트로네, 포타주, 세비체, 샤르트뢰즈, 피낭시에, 셈라, 나타, 에그녹, 아니스 향과 클로브. 음식과 향료의 이름은 아름다운 노랫말 같다.

어릴 때 읽었던 책 중 기억에 남아 있는 인상적인 장면은 거의 반드시라고 할 정도로 먹는 장면이다. 하이디의 검은 빵과 흰 빵, 에이미가 책상 서랍 속에 숨겨놓고 몰래 먹던 라임절임, 라스무스의 청어튀김과 감자, 주디의 레몬젤리로 가득 채운 수영장. – 레몬젤리를 가득 채운 수영장에서는 뜰 것인가, 가라앉을 것인가에 대한 열렬한 논쟁이 벌어졌고 나는 가라앉을 거라는 주디의 의견에 한 표 던졌지만 그런 수영장이라면 가라앉아도 좋을 거라고 생각했다.

짐작되는 맛도 있지만 도무지 예상할 수 없는 것들도 있었다. 그럴 때마다 그 맛이 궁금해 안달이 났다. 몽유병으로 밤을 헤매는 하이디의 뒤를 따라가면서도 내 머릿속은 염소젖 치즈를 얹은 검은 빵으로 가득 차 있었다.

시간이 흘러 – 동화 속에서 시간이 흐른다는 건 어떤 사건이 해결되는 장치였는데 현실에서는 별로 그러지 못한 것 같다. 시간이 흘러 나이 먹어 좋은 건 혼자 여행을 떠날 수 있고 먹고 싶은 것을 내 맘대로 먹을 수 있다는 정도. 생각해보니 정도, 라고 할 만한 일이 아니다. 굉장히 좋은 일인 것이다. 그런 즐거움도 없다면 나이 든 보람 같은 건 없다. 여행욕과 식탐이 채워진다면 기꺼이 나이 들 수 있다. 어차피 나이란 먹기 마련이니 손해 볼 일도 없다. – 아무튼 시간이 흘러 접하는 음식의 종류가 다채로워졌고 어릴 때 책에서 봤던 음식들도 맛볼 기회가 있었다. 춤추고 싶은 맛도 있었고 상상과 영 딴판이라 실망하기도 했다.

스웨덴에 도착하자마자 청어튀김을 먹으러 갔다. 지금은 감라스탄 역 부근으로 옮긴 청어튀김 가게는 그때는 슬루센 역 앞 작은 광장에 있었고 가게 주위에는 테이블이 여러 개 놓여 있었다. 날씨는 기막히게 좋았고 바람이 살랑살랑 불어, 나는 콧노래라도 부르고 싶을 정도로 들떠서 라스무스가 오스카와 함께 노래를 부르고 동네 아줌마들에게 얻었던 청어튀김을 떠올리며 막 노랗게 튀겨진 생선을 입에 넣으려는 순간, 훼방꾼이 끼어들었다. 옆자리에 앉아 있던 노인의 인사(여기까지는 괜찮았다)는 어디에서 왔냐는 신상 조사를 거쳐 청어튀김 참 맛있지? 라는 질문(아직 입에 넣지도 않았다)에 내 대답도 기다리지 않고 예전에 청어는 가난한 스웨덴 사람들의 음식이었는데 이제는 카메라에 찍히는 럭셔리 음식이 되었다는 둥(아, 네)의 이야기에서 일본인에 대한 험담으로 인종차별 시동을 부릉부릉 켜더니 갑자기 방향을 돌려 나치에 대한 비판으로 이어졌다. 나는 영어를 잘 못 알아듣고 귀도 어두운 척 무시했지만 노인은 아랑곳없이 말을 이어나갔다. 그때 구세주가 등장했다.

“제발 그 여자 좀 내버려둬요. 그녀의 피카를 망칠 셈이에요?”
내 주변에 앉아 있던 여자 하나가 노인을 향해 소리를 질렀다(어찌된 일인지 그 순간 스웨덴어가 귀에 쏙쏙 들어왔다). 노인은 드디어 입을 다물었다. 하지만 끝은 아니었다. 잠시 뒤 노인은 내게 눈을 찡긋거리더니 작은 목소리로 말했다.
“스웨덴 여자는 아주 사납다니까. 저런 여자는 아무도 안 데려가. 평생 혼자 늙어 죽지.”
오, 나는 그 순간부터 아주 사나운 스웨덴 여자들을 사랑하게 되었다.
노인이 떨떠름한 표정으로 떠난 뒤 나는 비로소 혼자 피카를 즐길 수 있게 됐다. 청어튀김은 상상했던 것과 비슷하기도 했고 전혀 다르기도 했다. 예기치 않은 훼방꾼 때문에 흥분이 상당히 반감되긴 했지만 어렸을 때 그려보던 맛을 확인한다는 건 역시 두근거리는 일이었다. 동화에서는 늘 중요한 순간에 악당이 등장하곤 했다. 그리고 정의의 사도도 나타나는 법이다. 끝은 대개 해피 엔딩이다.

영영 그 정체를 알지 못하는 것도 있다. 이를테면 설탕절임자두 같은 것. 짐작할 수는 있다. 하지만 클레멘트 무어의 시에 나온 설탕절임자두의 맛은 단순히 설탕에 절인 자두, 그것만은 아닐 것 같다. 눈이 쏟아지는 크리스마스이브의 밤, 침엽수의 숲 사이로 은빛 눈 위를 달리는 말발굽 소리, 밤공기 속으로 토해내는 하얀 입김, 어둠 속에서 희미하게 불을 밝힌 작은 오두막 하나. 난롯가에서 고양이가 좋은 꿈을 꾸고 부엌에서 눈동자가 몹시 검은 여자가 케이크를 굽고 있다. 케이크 위에 부드러운 크림을 바른 뒤 여자는 선반에서 마개를 꼭 막은 투명한 병 하나를 꺼낸다. 병 속에는 지난여름 숲에서 딴 검붉은 열매가 빙하처럼 투명한 설탕 결정 속에 잠겨 있다. 하얀 크림 케이크 위에 장식된 검붉은 설탕절임자두. 그것은 아무래도 이 세상 맛이 아닐 것만 같다.
숲으로 가는 우리의 가방 안에는 토마토와 치즈를 넣은 샌드위치가 들어있다. 식탁 위에 두었던 자두와 복숭아도 몇 개 넣었다. 검붉은 자두는 진한 냄새를 풍기기 시작했다.

"반나절 걸리는 코스가 있고 조금 더 걷는 코스가 있어요. 긴 코스는 내내 호수를 끼고 걷게 되죠. 어느 쪽이나 아름다워요. 어쩌면 순록이나 양을 만날지도 몰라요. 모두 순한 아이들이죠."
안내소의 직원은 지도를 펼쳐 길을 표시해주며 싹싹하게 말했다. 하루에도 수십 번 똑같은 말을 반복할 텐데도 더할 나위 없이 친절했고 그 때문인지 앞으로 걷게 될 길이 무척 상냥할 것만 같았다. 표시만 따라가면 돼요. 직원은 미소를 지어준 뒤 다음 방문객을 향해 몸을 돌렸다.
길을 잃지 않기 위해 빵 부스러기 같은 걸 흘려놓을 필요는 없을 것 같다. 직원의 설명에 의하면 숲속 나무에 노란색과 초록색 마름모꼴 표시가 군데군데 있어 노란색을 따라가면 짧은 코스, 초록색을 따라가면 긴 코스라고 했다. 아니, 그 반대던가. 숲을 완주할 생각은 처음부터 없었으므로 노란색이든 초록색이든 상관없이 좋아 보이는 길로 가보기로 했다. 우리가 하루 종일 걷게 될 숲은 티레스타 국립공원 Tyresta National Park. 도심에서 차로 30여 분 떨어진 곳에 있는 숲이다. 원시림이 그대로 보존되어 있으며 숲 안에 넓은 호수가 있다고 했다.

부드러운 흙을 밟으며 천천히 걷는 동안 호흡은 점차 단정해지고 뺨은 가벼운 홍조를 띤다. 가끔 커다란 배낭을 멘 사람들이 손등으로 땀을 닦으며 묵묵히 지나갔다. 숲속에서 하룻밤을 보낼 모양이었다. 숲속에는 밤이면 별이 쏟아져 내리는 야영장이 있다고 했다. 아래쪽으로 눈을 두자 계곡 사이로 나뭇잎과 이끼로 덮인 축축한 흙으로 물이 흘렀다. 간혹 웅덩이를 이루어 나뭇가지 사이로 비쳐든 햇살이 반사되어 반짝반짝 빛났다. 조금 더 걷자 맛있는 냄새가 연기에 실려 왔다. 모닥불 주위에 둘러앉은 사람들이 보였다. 소시지를 굽고 있었다. 아이들은 조바심을 냈고 순한 눈을 가진 개는 얌전히 기다렸다. 소시지와 마시멜로. 숲 방문 시 필수품을 목록에 추가하며 맛있는 냄새와 귀여운 개를 지나쳤다.
점점 숲은 울창해지고 그림자는 깊어졌다. 계곡 아래 짙은 그늘 사이로 키득거리는 소리가 들려왔다. 유심히 보니 뺨이 발그레하고 눈이 빛나는 작은 아이가 나무 뒤에서 나타난다. 그 뒤로 모습을 보인 여자들. 꽃과 나뭇잎이 그려진 앞치마를 입은 여자와 머리가 은빛으로 빛나는 나이 지긋한 여자가 바구니를 들고 나무 사이를 누빈다. 요정 가족임이 분명했다. 요정 가족의 손에 들린 바구니 안에는 노란 버섯이 가득하지만 그것은 위장일 뿐, 버섯 아래에는 틀림없이 뱀딸기와 광대버섯과 잘린 도롱뇽 꼬리와 개구리의 혀와 사향노루의 발톱이 들어있으리라. 그들은 길도 없는 숲속으로 자꾸자꾸 걸어 들어가 이내 사라져 버렸다.

오가는 사람은 드물고 이따금 새 우는 소리가 들릴 뿐, 사방은 고요하다. 바스락거리는 소리가 들려 올려다보니 젊은 연인이 비탈길을 능숙하게 타고 길 위로 내려온다. 바구니를 들고 성큼성큼 걷는 연인의 뒤를 우리는 조용히 따라간다. 저들은 분명 빛나는 황금 버섯 군락지를 알고 있을 거야. 갑자기 눈앞에 호수가 나타났다. 선명한 캔디 색 수영복을 입은 아이가 호수로 텀벙 뛰어들었다. 아이는 빛나고 색이 예쁜 물고기가 되어 물속을 헤엄친다. 잠시 호수를 바라본 사이 바구니를 든 연인들은 사라지고 없었다. 그들도 역시 요정이었던 모양이다.

잎사귀 스치는 소리와 새소리가 한데 섞여 머리 위에서 쏟아져 내린다. 신선한 냄새를 머금은 부드러운 바람, 고개를 드니 주변보다 훨씬 밝은 파란 하늘이 나무 사이로 보였다.
붉은 버섯, 작은 점박이 버섯, 팬케이크 모양 버섯. 예쁜 버섯 때문에 우리는 자꾸 걸음을 멈춘다. 지나가던 할머니가 걱정스러운 눈으로 우리를 바라본다. 그건 먹으면 큰일 나. 그렇게 말해주고 싶은 표정이었다.

어릴 때 읽은 토펠리우스의 동화를 아직도 좋아한다. 깊은 밤 나는 종종 토펠리우스의 동화책을 펴든다. 깊은 밤에 어울리는 동화다.

책에는 딸기를 따러 숲으로 들어간 두 소녀의 이야기가 나온다. 딸기를 찾아 점점 더 숲속 깊숙이 들어갔다 길을 잃고 마는데 비까지 내리기 시작한다. 흠뻑 젖은 채로 헤매던 소녀들은 빈 오두막집을 발견하고 비를 피해 안으로 들어간다. 이미 해는 저물었고 소녀들은 오두막집에서 하룻밤을 보내기로 한다. 젖은 옷을 말리기 위해 벽난로에 불을 지핀 뒤 소녀들은 부엌에서 찾아낸 냄비에 빗물을 담아 쌀 한 줌을 넣고 끓인다. 그 나이 아이들이라면 누구라도 그랬듯이 소녀들은 늘 주머니 속에 쌀을 넣어 다니며 간식으로 먹곤 했던 것이다. 이 대목에 어린 나는 조금 놀랐다. 아, 쌀을 간식으로 먹었구나 하며. 그게 끝이 아니다. 소녀들은 끓는 냄비 속에 오후 내내 열심히 땄던 딸기 한 주먹을 넣는다. 처음 보는 레시피에 나는 또 한 번 놀란다. 딸기를 넣어 끓인, 딸기수프 혹은 딸기죽이라고 해야 할 음식의 맛이 무척 궁금했다. 상상만 해도 입에 침이 고였다.

그 다음부터는 내용이 잘 기억나지 않는다. 내 상상은 늘 모닥불 위에 보글보글 끓는 냄비에서 풍기는 냄새에 머문다. 달콤함이 입안에 번지고, 적당히 뭉근하고 온기가 있으며, 먹고 나면 푸근해지고 두려운 것도 단숨에 잊게 할 수프일 것 같다. 그것은 먼 여행을 하고 돌아와 침대에 누운 이를 감싸는 잠처럼 부드럽고 평온한 맛이었으리라.

우리는 호숫가에 앉아 점심을 먹었다. 토마토와 치즈를 끼운 샌드위치.
반나절 가방에 담겨있던 자두는 베어 물자마자 주르르 즙이 흘러내렸다.

숲과 잠

어째서인지 어젯밤 꿈에는 사슴이 나왔고 기억은 흐릿하지만 나는 조금 슬펐고 잠을 깬 뒤에도 슬픔이 희미하게 시트 자락에 남아 있었다. 무언지 모르지만 마음이 일렁이는 꿈을 꾼 아침에는 조용히 커피를 내리고 식탁에 앉아 베란다 창으로 스며든 빛이 어룽거리는 바닥을 바라보며 꿈을 더듬지만 결국 아무것도 기억해내지 못한다.

잠결에 빗소리가 들려 가만히 귀를 기울이니 바람에 나뭇잎이 마주치는 소리였다. 그곳에 머무는 내내 날씨 걱정은 하지 않았다.

아침에 창을 열어 내려다보니 잔디밭에 토끼들이 한가롭게 풀을 뜯고 있었다. 이곳에는 웬일인지 토끼가 아주 많고 토끼들은 사람을 조금도 무서워하지 않는다. 눈을 돌리자 푸른 호수가 보였다. 투명한 공기 속으로 얼굴을 내민 채, 오늘 아침에 제일 먼저 해야 할 일이 뭔지 나는 알았다.

나는 평생 잠이 모자란 사람이었다. 아이러니하게도 베개에 머리만 두면 잠드는 사람이기도 했다. 가장 잠이 부족한 때는 직장에 다닐 때였다. 잡지사 기자로 일했던 십여 년 동안 거의 매일 야근이었고 일주일 정도는 새벽 두세 시쯤 퇴근하는 게 예사였다. 무얼 했냐 하면 – 멍하니 컴퓨터 모니터를 바라보고 앉아 있었다. 책상 한편에는 마감일에 맞춰야 하는 원고와 미처 씻지 못한 머그컵과 인터뷰 날에 갑자기 연락 끊고 잠수 타버린 배우에 대한 분노가 차곡차곡 쌓여 있었다. 택시를 타고 새벽 거리를 달려 집에 도착하고 나면 그대로 쓰러지고 싶은 본능과 이대로 잘 수 없다는 묘한 결의가 쓸모없는 한판 승부를 펼쳤다. 내일에 대한 걱정과 오늘의 아쉬움이 팽팽히 등을 맞댄 채 시간은 속절없이 아침으로 향했다. 그렇다고 하고 싶거나 할 수 있는 건 딱히 없었다. 티비를 켜놓고 별 재미도 없는 걸 멍하니 바라보며 졸음을 꾸역꾸역 참다 결국은 소파 위에서 잠들곤 했다. 어제와 내일의 구별이 없는 밤이었다. 오늘이 끼어들 틈도 없었다. 벵골어로는 어제와 내일을 가리키는 말이 똑같다고 들은 적 있다. 내가 보낸 어제가 나의 내일이 될 거라는 경고처럼 두렵게 하는 말이다. 이대로 영영 깨어나지 않는 잠을 자고 싶다고 생각하는 밤이 수없이 지나갔다. 그러지 않는 어느 밤에는 멀리 떠나고 싶다고 생각했다.

나는 잠을 좋아하는 만큼 밤을 사랑한다. 그 둘을 합한 만큼이나 밤에 혼자 깨어있는 것을 좋아한다. 늦은 밤과 새벽 사이의 시간, 나는 찻물을 끓이고 쓰다 만 소설의 다음 부분을 생각하며 책을 읽다 가로등이 비추는 작은 개울이 흐르는 산책로를 걷는다. 외롭거나 무서운 생각은 거의 들지 않는다. 언젠가 산책로에서 너구리 한 쌍을 만났을 때는 조금 놀랐다. 애니메이션에서 본 것처럼 뒷발로 서서 눈가가 거무스름한 얼굴로 나를 빤히 바라보고 있었다. 방해가 될까봐 조용히 너구리 커플 앞을 지난 뒤 돌아보니 귀여운 실루엣은 사라지고 없었다. 가끔은 줄무늬 고양이가 앞서 가며 잘 따라오는지 확인하듯 나를 돌아보고 환한 달과 혹은 희미한 눈썹달이 머리 위를 가만히 비춘다.

시간과 시간 사이를 떠도는 유목민은 여행자의 집에 도착해서야 비로소 깊은 잠에 빠진다. 시간을 거슬러온 탓에 하루 늦은, 혹은 하루 이른 잠에 든다. 어쩌면 어딘가에 흘린 잠의 조각을 맞추는 것인지도 모른다. 하루 종일 걷고 몸을 움직여 녹초가 되어 저녁을 먹을 무렵에는 이미 졸기 시작하고 식사에 곁들인 와인이나 맥주의 첫 잔이 비고 나면 깨끗이 항복하고 여행이란 이름의 수면제 한 알을 삼키고 꿈도 꾸지 않는 잠에 빠져든다.

숲속 호숫가에 위치한 호텔은 사백 년쯤 되는 건물을 개조해서 호텔로 문을 연 곳이다. 사백 년이라니, 가늠이 잘 되지 않는 시간이다. 아름다운 창이 나있고 푹신한 이불이 깔린 커다란 침대가 놓여 있는 이 방에 사백 년 전에는 어떤 사람들이 살고 어떤 삶을 살았을까. 한 가지 분명한 건, 그들의 식탁에 호수에서 잡은 물고기가 올랐으리라는 거다. 숲은 더 깊고 호수는 더 넓었을 것이다.

호텔 문을 나서면 그대로 하가 파크Haga Parken로 불리는 거대한 숲으로 이어진다. 실눈을 하고 유심히 보면 건너편 하얀 모래사장 위에 움직이는 것이 어린아이와 작은 개라는 걸 알 수 있는 정도 크기의 호수가 있고 숲 안쪽에는 공주의 여름 별장도 있다. 왕실에 쓰이는 막대한 세금에는 불만의 소리가 있지만 스웨덴인들은 비교적 왕실에 호의적이고 특히 어린 공주에 대한 애정은 각별하다고 한다. 수령을 짐작하기 힘든 울창한 나무 아래로 신선한 공기 속을 천천히 호흡하며 걸었다. 어쩌면 어린 공주를 만날 수 있을지도 모른다는 희박한 가능성을 품고. 공주는 만나지 못했지만 귀여운 강아지를 잔뜩 만나 기분이 좋아졌다.

호텔을 좋아한다. 구김 하나 없이 팽팽하게 당겨진 시트와 사각거리는 이불과 푹신하게 쌓여있는 베개. 대개 비슷한 것을 고를 줄 알면서도 늘 설레고 마는 뷔페식으로 차려진 조식과 외출하고 돌아오면 완벽하게 정리된 방과 물기 하나 없이 닦인 욕실. 가장 좋은 건 손 하나 까딱하지 않고 이 모든 것을 누릴 수 있다는 거다. 몸을 움직이는 수고 없이 쾌적한 상태가 유지된다는 건 얼마나 경이로운 일인가. 여행을 좋아한다고 말하는 사람들 중에 여자가 많다는 건, 일상을 유지하는 것이 얼마나 품이 많이 드는 일인지 아는 쪽이 여자들일 확률이 높기 때문이 아닐까. 여자들만 떠난 여행에서 짓는 표정이 얼마나 홀가분한지 나는 종종 목격하곤 했다. 누구의 딸도 아내도 엄마도 아닌, 어떤 의무나 책임에서 잠시 살짝 빠져 나온 표정은 탈출에 성공한 몽테크리스토 백작이 지을 만한 표정 못지않았다. 굳이 누구라고 말해야 한다면, 아무도 아닌, 그저 여행자라고 해야 할 것이다.
때로는 마음에 드는 숙소에 묵는 것이 여행의 이유가 되기도 했다. 기꺼이 먼 길을 돌거나 차를 렌트하는 수고를 감내하면서 묵었던 호젓하고 아름다운 숙소에서의 하룻밤은 그만한 가치가 있는 것이었다. 숙소가 여행의 전부는 아니지만 마음에 드는 숙소가 여행의 즐거움을 높이는 건 분명하다. (마음에 드는 숙소를 발견하고 예약에 성공했을 때가 여행의 가장 흥미진진한 부분이라고 말하는 이들도 나는 많이 봤다.)

반대의 이유로 여행의 기쁨이 반감한 경우도 물론 있었다. 홈페이지 사진과 딴판인 방, 물때가 낀 욕실, 퀴퀴한 냄새가 나는 이불, 청소하지도 않고 내준 게 분명한 방, 컴플레인에 애매모호한 태도를 보이는 직원(아마 그러한 태도는 수많은 컴플레인을 받으며 터득한 묘책일 것이다), 열리지 않는 창과 차마 열고 싶어지지 않는 풍경이 펼쳐진 창은 절망스러운 기분이 들게 한다. 내 좋은 집 두고 왜 사서 고생이람, 하는 생각마저 들고 설레던 여행의 기분이 송두리째 훼손되는 느낌이 든다.

그럼에도 불구하고 호텔을 좋아한다. 그것은 익숙한 내 집 식탁에 앉아 오후 세 시의 풍경을 바라볼 때의 느낌과 비슷하다.

오후 세 시쯤은 아무것도 하지 않아도 좋고 무엇을 시작하기에도 좋은 시간이다. 무엇을 해볼까 하고 생각하다 그만 두기에도 적절한 시간이다. 자취 없이 스르르 빠져나가는 아무것도 아닌 시간. 그 시간 동안 나는 안달루시아의 하얗게 바랜 마을에서 시에스타를 즐기고 로스트레이크 주변을 산책하며 낮은 소리로 허밍을 하고 집근처 산책로를 거닐다 오기도 한다. 백일몽을 꾸기에도 좋지만 아무것도 하지 않는 것도 좋다, 그런 시간에는. 지나가는 것, 어슴푸레한 것, 고요하게 비어 있는 것, 잡으려 해도 잡을 수 없는 것. 나는 그런 것들을 좋아하는 것 같고 종종 호텔에 묵는 동안 그런 기분이 들곤 한다. 잠시 빌린 방에 머무는 동안 나는 내가 아닌 타인이 되는 기분이 들고, 나는 그것이 좋다. 정확히 말하자면 내가 맞지만, 어쩐지 내가 아닌 것 같은 내가, 그건 어떤 느낌인가 하면 거울에 비친 나 같은 내가 움직이는 것을 바라보는 느낌이고 그런 나는 호텔 방 안에서 평소에 하던 일들도 하지만 하지 않을 법한 일들도 한다. 방해하지 말아주세요, 라는 팻말을 문에 내걸고 하루 종일 침대에서 뒹굴어도 조금도 죄책감 느끼지 않고 등 밑에 베개를 쌓아두고 길게 누워 귀여운 고양이 사진을 실컷 보다 양치질도 건너뛰고 잠이 들고 어떤 날은 청소 부탁합니다, 라는 팻말을 문에 걸고 호텔을 나서 어슬렁어슬렁 걸으면 그냥 행인 37, 혹은 식당에서 1인분의 음식을 주문하는 손님, 카페에서 책 읽는 여자, 자꾸 같은 골목을 헤매는 길치, 자꾸 같은 골목에 가는데도 웃는 이상한 여자, 혹은 이 모든 걸 대신할 말인, 이방인으로 산다.

아무도 모르는 곳에 가서 평생 호텔에 살며 글을 썼다는 작가처럼 살고 싶다. 하지만 푹신한 침대를 옆에 두고 글쓰기는 역시 어려울 것 같다.

기분 좋은 산책을 하고 아침을 먹으러 식당으로 달려갔다. 버터를 두텁게 바른 빵과 블루베리수프, 삶은 감자와 구운 토마토, 딜 소스를 뿌린 연어 한 조각. 에그 스탠드에 올린 달걀을 스푼으로 살살 두드려 껍질을 깨니 노른자가 주르륵 흘러내렸다. 춤을 추고 싶은 기분이지만 춤을 춘 지 너무 오래 돼서 그저 식탁 아래로 발만 까닥거렸다.

—먼 곳에서 왔군요.
가게 주인은 미소를 지으며 말했다. 내가 바닐라버터봉봉과 씨솔트캬라멜 사이에서 갈등하고 있을 때였다. 숲속에 몹시 귀여운 아이스크림 가게가 있었고 그 앞을 그냥 지나치기는 상당히 어려운 일이었다.
스웨덴인들은 타인에 대해 궁금해 해서도 안 되고, 설사 궁금하다고 해도 그 호기심을 드러내지 않는 것을 미덕으로 여긴다고 들었다. 주인의 이런저런 질문 덕분에 나는 시간을 들여 고민할 수 있었다. 씨솔트캬라멜 쪽으로 마음이 기우는 한편 여전히 바닐라버터봉봉에도 끌리고 심지어 그 옆 오렌지초콜릿에도 자꾸 눈길이 간다. 주인은 딱히 내 대답이 궁금한 눈치는 아니다.

오랜 망설임 끝의 결정에 주인은 퍼펙트하다는 칭찬을 해주며 아이스크림을 한 스쿱 가득 떠서 내밀었다. 아이스크림은 거의 퍼펙트한 맛이었다. 하얀 파도처럼 일렁이다 사르르 녹는 바다 맛의 캬라멜.

숲을 걷다보니 호수에 닿았다. 물을 향해 길게 난 나무 데크 위에는 햇살을 좋아하는 고양이처럼 나른한 팔과 다리가 이리저리 널려있다. 빵과 치즈, 향이 진한 여름 과일과 미지근한 오렌지주스, 마른 타월과 선크림 향, 꽃잎과 숲 냄새. 멀리 물살을 가르는 카약, 고요히 헤엄쳐 다가오는 오리 떼. 푸른 물속으로 어린 소녀가 작은 돌고래처럼 다이빙한다. 상쾌한 물방울이 튀어 오르고 그 순간 하늘 위로 열기구가 둥실 떠올랐다.

이 순간을 그대로 얼려 아이스크림을 만들면 화한 숲 맛이 날 것 같다. 혹은 입안에서 거품이 탁 터지며 한없이 부드럽게 혀에 미끄러지는 호수의 맛.

여름 손님

잠에서 깨자마자 부엌 창 앞에 서서 차가운 물을 한 잔 마신다. 빵과 과일이 남아 있고 나는 우선 커피를 끓이고 요거트에 시리얼을 부어 한 그릇 먹을 것이다. 나왔다. 검은 고양이가 뒷마당의 수풀 사이를 우아하게 꼬리를 들고 걷고 있다. 처음 만난 날, 고양이는 내 다리에 몸을 비벼댔고 내가 용기를 내서 쓰다듬으려 손을 내밀자 할퀴고 달아나 버렸다. 꼬리를 들고 도도한 걸음으로. 나는 고양이를 한번 만져보고 싶어 안달이 났다.

뒷마당에는 붉은 보리수 열매가 가득 떨어져 있고 고양이는 어디에 숨었는지 보이지 않았다. 시들어가는 수국의 꽃잎을 쓸어보자 바람이 불고 후드득 소리가 났다. 뒤돌아보자 나무 사이에서 남자 하나가 나를 향해 헤이, 하고 작게 인사했다. 뒷마당을 함께 쓰는 이웃인 남자는 고양이라도 안은 듯, 품에 든 것을 마당 한쪽에 놓인 테이블 위에 쏟아 놓더니 말했다.
모양은 이래도 꽤 달아요.
약간 상처가 있고 울퉁불퉁한 복숭아들 중에서 그나마 제일 멀쩡해 보이는 것으로 하나 골라 내게 주고 남자는 마당을 떠났다. 연한 크림색의 복숭아에서는 달콤한 냄새가 났다. 잠시 기다렸지만 고양이는 다시 오지 않았다.
부엌으로 돌아와 커피를 내리고 요거트에 시리얼을 붓고 라즈베리를 올렸다. 장이 파하기 직전 할인가에 산 라즈베리는 입에 넣자마자 부드럽게 뭉개져 새콤하게 단맛을 남기고 사라졌다.

스웨덴에 처음 간 건 작가 레지던스 프로그램 때문이었다. 석 달 동안 머무르며 스웨덴을 비롯한 외국 작가들과 교류하고 한국 문학에 대해 강연하고 글을 쓴다는 것이 프로그램의 취지였다(뭔가 굉장히 멋지게 들린다!). 그 전에 내가 스웨덴에 관해 알고 있었던 건 <삐삐 롱스타킹>의 작가 린드그렌의 모국이며, 복지 정책이 발달되어 있는 곳, 그리고 영국보다도 더 끔찍하다고 소문난 음식 맛, 그 정도였다(세 번째는 이내 사실 무근으로 밝혀졌다. 스웨덴은 심지어 바이킹 뷔페의 본고장 아니던가!). 아무튼 여행이 아니었으므로 별다른 계획 없이, 계획이라면 석 달 동안 무탈하게 지내야겠다는 것뿐, 이왕이면 번뜩이는 영감 받고 좋은 소설 한 편 완성하고 싶다는 소망을 품은 채(이내 얼토당토않은 소망으로 판명되었다) 이십여 킬로그램 무게의 트렁크와 십여 킬로그램 캐리어를 끌고 두 손 무겁게 여행길에 올랐다.
석 달간 에어비앤비를 통해 예약한 세 곳의 집에 각각 한 달씩 머무르며 나는 일상을 사는 것도 여행하는 것도 아닌, 혹은 그 둘 다인 일상 여행자로 살았다. 마리안느, 토미 그리고 진이 떠난 집에서 나는 마리안느의 침대에서 눈을 뜨고 토미의 부엌에서 간소한 아침을 챙겨먹고 진의 푹신한 소파에 앉아 책을 읽다 문득 창밖에 눈을 두고 한동안 바라보다 겉옷을 걸치고 산책에 나섰다. 동네를 걷다 카페에 들어가 커피와 시나몬롤을 먹고 공원 벤치에 앉아 있다 장을 봐서 집으로 돌아왔다. 밤마다 간략한 일기를 쓰고 소설의 첫머리를 쓰다 지우고 다시 쓰곤 했다.

가끔은 토미가 괜찮다고 추천했던 쇠데르말름의 카페에 가기도 하고 마리안느가 가르쳐준 벼룩시장에 다녀오기도 하고 진이 남긴 쪽지의 목록에서 괜찮을 것 같은 장소들을 골라 기차를 타고 하루를 들여 짧은 여행을 다녀오기도 했다.
내게는 딱히 목적이나 의무 같은 것이 없었고 시간은 많았다. 서두를 것도 조바심 낼 일도 없었다. 내 일상에는 좀처럼 없던 일이었다. 마치 가위로 깔끔하게 잘라낸 듯이 일상에서 동떨어진 시간이었다. 중력은 희박하고 몹시 청아한 공기 속을 걸어 다니는 기분이었다. 조금은 붕붕 떠다녔는지도 모른다. 날개 달린 신발을 신은 것처럼.

집에서 5분 거리에 있는 지하철역에는 나뭇가지와 꽃을 엮은 화관 모양의 커다란 조형물이 샹들리에처럼 천장에 걸려 있었다. 역의 이름은 미드솜마크란센Midsommarkransen, 여름 화관이라는 뜻이다.
스웨덴의 하지 축제Midsummer's day는 길고 혹독한 겨울이 끝나고 여름이 시작되는 것을 축하하는 축제다. 사흘 정도 지속되는 하지 축제 기간에는 모두 도시를 떠나 여름 별장을 찾아 가족과 친척, 친구들과 모여 파티를 즐긴다. 이 기간 동안 도시는 문 연 식당을 찾아 헤매는 망연자실한 관광객들만 남아 있는 유령의 도시가 된다.

하지 축제날에 일곱 가지 종류의 꽃을 베개 밑에 두고 자면 꿈에 미래의 남편을 볼 수 있다는 전설 때문에 소녀들은 꽃으로 엮은 화관을 썼다고 한다. 지금은 그저 즐겁고 아름답기 때문에 쓰는 것 같지만. 여름 화관이라는 낭만적인 이름의 역을 빠져나오면 단숨에 초록빛이 달려들었다. 공원이었다.
집 앞 공원은 주민들이 가장 사랑하는 장소임이 분명했다. 조깅하거나 개와 함께 산책하는 사람들, 유모차를 밀며 나무 아래를 걷는 라떼파파, 주말이면 깨끗한 잔디밭 위에 작은 파티가 열렸다. 한쪽에는 야외 수영장이 있어 어린아이들이 종일 놀다가 저녁이 되면 안 가겠다고 버티다 엄마한테 끌려가곤 했다. 흐린 날씨가 계속되다 갑자기 쨍한 햇살이 쏟아진 날에는 비키니를 입은 여자가 잔디밭에 앉아 광합성을 했지만 나 말고는 눈길을 주는 사람이 없었다. 다들 오랜만에 나온 태양을 만끽하느라 정신없었기 때문이다.

밤마다 나는 창밖으로 사과나무가 내다보이는 부엌의 작은 탁자에 앉아 영수증을 정리하고 간단하게 가계부를 적는다. 가계부로 쓰는 노트에는 시나몬롤과 potatis라는 단어가 자주 등장한다. 길에서 친구를 보고 손 흔들어 부를 때처럼 입을 활짝 열어 발음해야 하는 potatis는 감자라는 뜻. 감자를 포슬포슬하게 삶아 뜨거울 때 버터를 듬뿍 발라먹는 맛에 푹 빠졌다. 집에는 체중계가 없고 나는 그것이 무척 다행이라고 생각한다.

도심의 고층아파트에서 사는 삶은 아침이면 일어나 출근하고 밤이면 돌아와 고된 몸을 누이고 주말이면 대형 마트에 가서 일주일분 식료품을 사서 냉장고를 채우고 일주일 동안 그것을 먹으며 냉장고를 비우고 다시 냉장고를 채우는 일의 반복이다. 그래도 소진되지 않는 재료는 냉장고 한쪽에서 빙하기의 매머드처럼 영원히 냉동되어 잊히고 만다. 그런 것들이 내 생활 이곳저곳에 잠복해 있다. 마치 없는 것처럼 애써 잊고 사는 것들. 나는 늘 여행 전이나 다녀온 직후에 대청소를 하고 싶은 충동에 시달린다. 전자는 혹 내가 여행에서 돌아오지 못했을 때를 대비해 타인에게 보이고 싶지 않은 것을 정리하고 싶다는 생각 때문이고 후자는 여행에서 돌아와서 본 내 집이 너무 많은 것으로 채워져 있다고 문득 깨닫기 때문이다. 하지만 대청소는 늘 실패한다.

Nu:
5:-/st

무소유를 이마와 가슴에 단단히 아로새겼지만 여행에서 돌아온 내 가방 안에서는 여행 전에는 없었던 물건들이 튀어 나온다. 읽을 수 없는 언어로 채워진 예쁜 책과 섬세한 꽃무늬 접시와 심플하면서도 디자인이 독특한 오프너와 정말 너무하다 싶을 정도로 정성을 기울여 그린 세밀화로 장식된 틴케이스와 오르골, 패키지가 예쁜 초콜릿과 캐러멜, 귀여운 쿠키 틀, 백단향의 핸드크림, 엽서와 은제 티스푼, 차와 커피. 정말 이게 다 내가 산 것인가 떠올려보지만 기억은 흐릿하기만 하다. 가방의 작은 빈틈도 용서하지 않는 요정들이 몰래 집어넣은 것이 분명하다. 요정의 선물이라면 기쁘게 받아들여야만 한다. 그래야만 후환이 없을 것이다…….
사실 나는 꼭 필요한 것을 살 때보다 없어도 되지만 있으면 좋은 것들을 살 때 기쁨을 느낀다. 여행지에서는 그런 것들을 살 확률이 높고 생각해보면 여행 자체가 다분히 그런 속성을 지니고 있다. 여행은 반드시 해야 하는 것은 아니지만 여행이란 말에 자동적으로 마음 한 구석이 탁 풀어지고 눈은 낮에 꿈을 꾸는 사람처럼 어딘가 멍한 곳을 향하게 된다. 꼭 소용되지 않지만 갖고 싶은 몇 가지를 곁에 두는 것이 확실히 즐겁다고 생각한다. 프로방스에서 산 향수와 레이스 손수건, 터키에서 산 접시, 치앙마이에서 산 라탄 바구니와 나무 집 모형, 핀란드에서 산 빈티지 커피잔……. 그 물건들에는 마음에 드는 것을 발견했을 때의 흥분과 구매했을 때의 즐거움, 시장의 활기와 머물렀던 도시의 기억이 담겨 있다. 기억마저 없앤 다음 내게 남는 것은 무엇일까. 기억의 조각들로 다소 어수선한 내 집이 그리 나쁜 것만은 아니라고 애써 위로한다.

잠시 빌려 쓰는 부엌에서 내 식사는 단출하다. 냉장고에는 우유와 요거트 팩, 반쯤 남은 와인 한 병과 약간의 과일과 오이 두 개, 달걀 네 개, 마늘 한 통과 양파 반 개, 버터와 치즈 약간, 부엌 선반에는 전에 머물던 여행자가 남기고 간 파스타 두 봉지와 쌀 반 봉지, 테이블에는 빵 반 덩이와 잼이 놓여 있다. 끓이거나 굽는 일은 드물고 치즈와 잼을 올린 빵과 올리브오일과 소금, 후추를 살짝 친 샐러드를 먹는다. 가끔 저녁에 고기를 굽기도 하지만 한 번 먹을 분량만 사서 남기지 않고 먹는다. 다음을 위한 비축 따위는 없다. 도착했을 때처럼 텅 빈 냉장고를 한번 둘러보고 떠나는 것이다.

평일에는 꽃과 과일, 채소를 파는 회토리에트 광장에 주말이면 벼룩시장이 열린다. 이런 걸 팔아도 되는 걸까 싶은 것도 있지만 모두들 열심히 사고판다. 푸른색 정장에 스니커즈를 신은 멋쟁이 할머니는 뭘 사나 궁금해진다. 무소유와 미니멀리즘을 아로새긴 와중에 욕심이 왈칵 솟구치는 물건들을 만난다.

아침에 들렀다가 몇 번이나 만져보다 내려놓고 오후에 다시 가본 매대에는 아직 접시가 팔리지 않고 남아있었고 다시 한 번 만져보자 오케이, 텐 크로나 디스카운트 포 유, 라고 상인이 말했다. 초록색 새와 덩굴이 그려진 접시를 안고 집으로 돌아왔다.

지하철역 앞 광장에 매일 작은 시장이 선다. 햇살 아래 놓여 있는 과일과 채소들은 마트에 있는 것보다 어쩐지 색도 향도 더 강한 것 같다. 예쁜 색에 끌려 자연스레 걸음이 향했고 덕분에 여름 내내 내 에코백은 달짝지근한 복숭아와 베리 즙이 배어 있었다.

사과를 좋아한다. 모든 종류의 사과를 다 먹어봐야지 하고 처음 보는 모양의 사과를 하나씩 골랐다. 어떤 맛일지 예상되지만 예상을 깨는 기쁨을 기대한다. 아침으로 배처럼 노랗고 길쭉한 사과를 먹을 셈이다.

통계적으로 스웨덴 사람들은 1년에 약 316개의 시나몬롤을 먹는다고 한다. 정말 놀라운 숫자가 아닐 수 없다. 그렇다면 1년의 50일은 도대체 뭘 먹는단 말인가. 50일쯤은 시나몬롤이 없고 여름만 지속되는 곳으로 여행이라도 가는 게 아닐까.

백스물일곱 가지 물감을 팔레트에 짜서 그린다면 이런 색일 거야. 백스물일곱 가지 색 중 두 개의 색을 섞어서 경계를 구분 짓지 않고 농담을 담담히 그려 넣고 또 다른 색을 섞기를 반복해 토끼와 새와 꽃과 나무와 그것을 품고 있는 숲과 호수를 그리면 이 안에 있는 것들이 되는 거지. 스벤스크텐Svenskt Tenn만큼 스웨디시한 컬러가 있을까. 여름빛과 부드러운 꽃잎과 침엽수의 숲 사이를 달리는 털이 길고 뿔이 난 짐승들과 지저귀는 새와 호숫가 새벽안개와 바다와 굽이치는 벌판이 매장 안에 고스란히 옮겨져 있다.

이층에 있는 티룸이라는 카페마저 근사하다. 메뉴판의 다양한 목록에서 고른 차에서는 먼 바다와 나무 냄새와 꽃 향이 났고 과일 맛이 나는 와인을 샌드위치와 케이크와 먹었다. 이 곳에서 사온 새와 꽃이 그려진 벽지는 아직 어울리는 공간을 찾지 못했다. 어느 곳에 바르게 될지 모르지만 그 방에서 자면 분명 아름다운 꿈을 꾸게 될 것 같다.

Svenskt
Tenn

창가 자리의 여자와 남자는 친구 사이 같기고 하고 막 사귀기 시작한 연인 같기도 하고 어쩌면 그 둘 다 아닐 수도 있지만 남자는 줄곧 이야기하고 자주 웃었고 여자는 대부분 귀를 기울여 남자의 말을 듣고 있다가 입을 열면 무심코 돌아보게 되는 아름다운 목소리였고 드물게 얼굴에 떠오르는 미소가 무척 매력적이라 저 둘이 제발 사귀는 사이가 아니길 바랐지만 둘의 테이블에는 부스러기만 남은 접시가 놓여있으니 다 틀린 일인가 싶었다. 프린세스케이크를 나눠먹고 나면 사랑에 빠지지 않을 도리가 없다. 아무렴, 그렇고말고.

공주라고 해도 엘사처럼 쿨한 공주도 있고 낯선 사람에게 자꾸 문을 열어주는 백설공주처럼 심약한 타입도 있으니 그 맛이 짐작되지 않았지만 어쨌든 몹시 고귀한 모양과 맛이리라 상상했던 프린세스케이크는 카페에 가면 두 번에 한 번은 시키는 내 단골 메뉴가 되었고(나머지 한 번은 물론 시나몬롤이다) 프린세스케이크 애호자라면 베테카텐Vete-Katten에 꼭 가봐야 한다.
창가의 남자와 여자는 사귀게 될까. 글쎄, 그건 Vete Katten. 고양이나 알까, 가 그 뜻이다.

좀처럼 해가 지지 않는 나라의 밤,
멋쟁이들이 가득 모여 있는 거리의 펍 야외 테이블에 앉아
부드러운 곡선을 가진 유리잔에 아슬아슬 넘칠 듯 따른
차가운 맥주를 마시며
내일은 숲에 갈 거야,
하는 내 말에 아무도 이의를 제기하지 않고 웃었고,
잘 들리지 않았나 싶어 내일은 숲에 갈 거야,
한 번 더 말하자 대답으로 발그레 물든 미소가 돌아왔다.
사방이 숲이었고 상쾌한 바람이 불어오자
우리는 맥주를 한 잔 더 주문했다.

여름밤 숲냄새

해수욕을 하러, 정확히 말하면 해수욕하는 사람들을 구경하러 나선 날은 비 올 확률 50퍼센트의 하늘에 구름이 낮게 깔려 있었다. 곧 날이 개겠지, 하는 바람과 달리 섬에 도착했을 때는 하늘은 어둑하고 해변에 수영하는 사람은 아무도 없었다.

롱홀멘Långholmen은 과거에는 죄수들을 가두어둔 섬이었다고 한다. 오래된 감옥은 지금은 박물관과 유스호스텔로 개조되었고 주말이면 해수욕과 피크닉을 하러 찾는 아름다운 섬이다. 이왕 왔으니 산책이라도 하자 싶어 해안을 따라 이어진 숲을 걷는다. 바람이 조금씩 거세지고 숲속 나무가 바람에 흔들리며 파도 소리를 낸다. 빗방울이 떨어지기 전에 가까스로 카페에 도착했다. 양손 가득 정원의 꽃을 꺾어 카페 안으로 들어가려는 할머니에게 문을 열어주니 고맙다는 인사와 상냥한 미소가 돌아왔다. 아마도 이 오래된 카페의 주인인 것 같았다.

살짝 열어놓은 창으로 밀려든 축축한 공기에 보글보글 끓는 커피 냄새가 섞여든다. 그늘과 빛의 경계는 희미하고 폭우처럼 쏟아지는 비에 문밖의 숲은 희미하게 사라진다. 우리는 창밖을 바라보며 케이크를 한 조각 잘라 입에 넣고 커피를 마신다. 마당에 생긴 물웅덩이를 찾아 떨어지는 빗방울들이 물 매암을 만들고 우리는 커피를 한 잔 더 청한다. 거짓말처럼 비가 뚝 그치고 젖은 땅 위로는 붉은 앵두가 가득 떨어져 있다. 우리는 여름의 손잡이를 밀고 부연 안개 속으로 얼굴을 내민다. 사방에서 신선한 냄새가 풍겨온다.

비와 호수와 나무, 그리고 숲의 냄새. 바람이 솨아 불자 우리의 얼굴은 바다에서 튀어 오른 물방울로 젖는다.
섬은 물 위에 떠있는 커다란 숲이다.

빵과 산책

아무도 없는 숲길을 걷는 건 얼마나 근사한 일인가. 빛은 수줍은 듯 투명하고 열기를 머금은 채 차분하여서 다 닳아진 풍경조차도 반짝반짝하게 한다. 숲은 얼마나 달큰하고 향기로운 이름인지. 후드득 소리가 나는 쪽으로 고개를 돌리자 나무 사이로 사라지는 노루의 뒷모습이 살짝 보였다. 숲을 통과하자 아름다운 정원이 나타났다.

십여 년 다니던 직장을 그만둔 것은 오래전 일이다. 나는 전과 다른 삶을 살고 싶었다. 그게 뭔지는 모르지만 달리 살기 위해서는 우선 살던 삶에서 거리를 두어야 한다고 생각했다. 물리적으로도 정신적으로도. 잠시 쉬고 여행이나 좀 하다가 복직할 거라는 주위 사람들의 예상과 달리 나는 제주도로 내려가 두 해를 살았다. 그곳에서 무얼 하느냐고 묻는 지인들에게 나는 별로 하는 일이 없다고 대답했다. 실제로도 그랬다. 제주도에서 내가 살던 집 주변은 온통 귤밭이었다. 아침에 일어나 창을 열고 내다보면 은빛 가루 같은 햇살 속에 초록 잎이 반짝반짝 빛났다. 섬에서는 어디서나 볼 수 있는 흔한 풍경이었다. 어느 날 밤 진한 향이 코를 찔러 나는 실수로 향수병을 엎지른 것이라 생각했다. 사냥개처럼 불어오는 바람에 코를 내밀고 냄새의 진원지를 며칠 동안 찾은 끝에 알아냈다. 그건 귤꽃 향이었다. 귤꽃이 그토록 진하고 우아한 향을 뿜는 것을 처음 알았다. 오월 한 달 내내 집은 향수를 부은 듯, 향기로 가득했다. 향은 밤이면 더욱 진해졌다. 몹시 호사스러운 밤이었다.

BLÅ
HYACINT
KRUKA

달이 기울고 차는 동안 귤밭의 풍경도 달라졌다. 부연 안개가 귤밭 위에 가득한 날은 마치 바다 위에 떠있는 것 같았다. 안개가 걷히고 나면 숲과 나지막한 지붕 사이로 푸르게 반짝이는 거울 조각이 보였다. 나는 그게 바다라는 걸 잘 알고 있었다. 날이 차가워지고 전나무 색이 짙어지면 새벽부터 귤밭 창고에 불이 켜지고 하얀 연기가 피어올랐다. 귤 따는 철이 되었다. 탐스러운 노란 열매가 거두어지고 잘라낸 나뭇가지로 피운 모닥불에서는 향긋한 나무와 재 냄새가 풍겨왔다. 귤밭 주변으로는 침엽수가 나란히 서있는 숲이었다.

몇 번인가 눈이 내리고 바람이 윙윙 불고 진눈깨비가 떨어지기도 한 겨울이 지나고 봄은 느닷없이 왔다. 꿩 소리가 들려오는 숲을 걷다 마른 나뭇잎이 쌓인 바닥에서 쑥 비슷한 것을 발견하고 잎 하나를 따서 향을 맡으니 쑥 비슷한 냄새가 났다. 휴대폰으로 사진을 찍어 보내 엄마에게 쑥이라는 것을 확인받고 나는 산책 대신 쑥 찾기에 열심인 사람이 되었다. 집에 돌아와 불룩해진 에코백을 열면 쑥 냄새가 훅 풍겼다. 차가운 물로 씻는 동안 내 손에 푸른 쑥 물이 든다.

찜기 위로 김이 솟자 면보를 깔고 쌀가루와 버무린 쑥을 올려 살짝 쪄냈다. 엄마가 해주던 것과는 모양도 맛도 다른 것 같지만 어쨌든 쑥버무리 비슷한 것이 되었다. 난생 처음 해본 것치고는 나쁘지 않았다. 부드럽고 달짝지근하고 쑥 향이 강했다. 어쩌다 쑥버무리를 할 생각이 들었을까. 쑥이 지천에 있었고 내게는 시간이 많았기 때문이었을 것이다. 살던 삶에서 멀리 떨어져 왔다고, 나는 문득 생각했다. 차를 한 모금 마시고 아직 김이 나는 쑥버무리를 뚝 떼어 입안 가득 넣었다. 꼭 안아주는 것 같은 포근포근한 감촉이었다.

BELVI NALIF
från vår trädgård
DEMETER
65:-/kg

직장을 그만두고 제주도로 내려가기 전에 나는 잠시 J의 집에 머물렀다. J는 내 첫 직장 입사 동기였다. 말이 없고 싹싹하지 않아 귀엽지 않은 막내라는 평을 공통적으로 들었던 나와 J는 그 때문인지 죽이 잘 맞았다. 나와 둘만 있을 때 J는 말도 잘하고 잘 웃고 다정하고 종종 귀엽기도 했는데, 그건 나도 마찬가지였다(그랬다고 생각하는 편이다). 내가 직장을 그만뒀을 무렵, J는 결혼해서 미국에서 살고 있었다. J의 집은 대학가 마을이었는데, 주민의 대부분은 학생이나 교수였고, 아니면 학생과 교수가 필요로 하는 것을 제공하는 사람들이었다. 도심에서 떨어진 외곽에 위치한 마을은 산책하다 보면 길에서 노루를 만나는 일도 종종 있었다. 근처 숲에 사는 다리가 길고 눈이 아름다운 주민들이었다. J의 집은 숲의 초입에 있었다. 회사를 그만두고 무얼 할지, 무엇을 해서 먹고 살지 묻는 대신 J는 내게 하루 세 끼 밥을 해주고 간식을 만들어 잠시도 쉴 틈 없이 먹였다. 그런 의외의 모습(J의 이미지와 요리 사이에는 접점이 없다고 나는 생각했었다)에 나는 다소 경이로워하며 요리하는 J의 주변을 빙빙 돌며 뭐 도와줄까, 물으면 J는 글쎄, 마당에 나가 송로버섯이나 한 줌 따오든지, 말하고는 킥킥 웃었다. 나는 외계인이라도 보듯 신기하게 J를 구경하며 그냥 앉아 있었다. J의 집에서 내가 하는 일은 배불리 먹고 낮잠을 자고 일어나면 동네를 산책하는 것뿐이었다. J의 어린 아들을 데리고 집 근처 공원에 가기도 했다.

공원은 상당히 넓었고 끝이 보이지 않는 호수가 있었고 산책로가 나있는 숲은 그대로 산으로 이어졌다. 그 정도 규모면 국립공원 내지는 시립공원 정도는 되지 않나 싶었지만 동네 공원일 뿐이라고 J는 일축했다. 우리는 주로 호숫가 근처를 걷고 벤치에 앉아 이런저런 이야기들을 나누었는데 우리가 함께 알고 있는 일들에 대해서도 이야기했지만 내가 만나기 전의 J에 대한 이야기를 듣는 것이 나는 어쩐지 재미있었다. 나와 만나기 전 J는 조금 더 무모하고 용감했고 확신과 불확실 사이에서 아무것도 자신하지 못하면서도 제 마음이 기우는 방향으로 조금씩 걸어 나갔던 사람이었던 것 같았고 그것은 낯설면서도 친근한 이야기이기도 했다. 나에 관한 이야기와 조금은 닮아 있었기 때문이다.

– 나는 글을 쓴다면 SF소설을 쓸 거야.
호숫가에서 뛰노는 어린 아들을 바라보며 J는 내게 말했다. 내게 말한 게 아닐지도 몰랐다. J의 눈은 나도, 어린 아들도 아닌 호수에 머물러 있었다. J의 눈은 약간 멍하고 입가에는 살짝 미소를 짓고 있어서 나는 그게 진심이라는 걸 알았다. 우리는 진실을 말할 때 종종 그런 표정을 짓곤 하니까.
J가 소설을 쓰고 싶어 하는 걸 그날 나는 처음 알았다. 무언가 말을 하면 그 순간을 망칠 것만 같았다. 그래서 나는 아무 말도 하지 않았다. 하지만 몹시 소중한 마음이 우리 둘 사이에 오고갔음을 나는 잘 알고 있었다.
일주일쯤 머물다 J의 집을 떠나는 날, J는 아침 일찍 일어나 브리오슈 한 판을 구워 내 가방에 넣어주었다. 뭐, 이런 걸 다, 라고 나는 싹싹하지 못한 태도로 고마움을 표시했고 J는 잘 먹고 다녀, 하고 역시 무덤덤한 표정으로 나를 보냈다.

남미로 가기 위해 공항에서 탑승을 기다리는 동안 나는 J의 빵을 꺼내 먹었다. 살짝 찌그러진 눈사람 모양의 빵의 표면은 탄 듯한 갈색이었고 입안에 넣자 바삭하게 부서지며 촉촉한 속살에서 달걀과 우유 맛이 진하게 났다. 부드럽고 다정한 맛이었다. 기억에 의하면 J는 카스텔라를 좋아했다. 대학 다닐 때 휴학하고 한동안 일본에 살았던 J는 일을 끝내고 돌아오는 길에 카스텔라와 우유를 사서 방에서 먹곤 했다. J가 일본에서 지내던 시절은 네 개의 계절이 있었지만 나는 늘 그곳의 겨울 속 J를 떠올린다. 카스텔라를 먹으면 눈을 밟는 느낌이 든다고 했던 J의 말 때문일까.

J의 SF소설은 아직 읽어보지 못했지만 나는 J가 공책에 적어놓은 브리오슈 레시피 아래에는 분명 행성과 행성 사이를 방황하는 여행자의 조금은 고독하지만 아름답고 신비로운 이야기가 적혀 있으리라고 생각한다.

마음이 어지러운 날에는 숲으로 갔다. 사려니숲, 동백숲, 곶자왈. 아름다운 이름의 숲에도 갔지만 어딘지도 모르고 이름도 모를 숲을 걷는 일이 더 많았다. 짙은 그늘을 따라 부드러운 흙을 밟으며 한참을 걸었다. 인적은 전혀 없고 가끔은 이게 길이 맞을까 싶어지는 때도 있었다. 서두를 것도, 조급할 것도 없었다. 어차피 길은 통하게 되어 있었다. 막힌 길이면 돌아서서 이제는 잘 알게 된 길을 밟아 걸으면 됐다. 뾰족한 나무들이 촘촘히 늘어선 숲은 조금은 고독하고 쓸쓸했고 어째서인지 나는 한 번도 가본 적 없는 북유럽의 숲을 떠올렸다. 언젠가는 북유럽의 숲을 보러 가야지, 하고 생각했던 날도 있었는지 잘 기억나지 않는다. 아마도 한번쯤은 그런 생각을 했을 것이다. 숲에서 나는 많은 것을 생각했고 아무 생각 없이 걷기만 한 날은 더 많았다. 아주 오래 전 일이었다.

누가 내게 스웨덴에 딱 하루만 머물 수 있다면 어디에 가겠냐고 묻는다면(그런 걸 물을 사람이 있을까만) 나는 스웨덴에 딱 하루만 있는 건 반칙이라고 슬픈 표정으로 말하겠지만, 대답하면 단팥빵을 준다고 회유한다면 못 이기는 척하고 유, 유르고르덴Djurgården 섬이라고 답하겠다. 숲으로 둘러싸인 아름다운 섬이고 그곳에 로젠달가든Rosendals Trädgård이 있기 때문이다.

정원에서 꺾은 꽃으로 장식한 케이크와 먹음직한 샌드위치가 놓여있는 테이블, 요리에 들어간 재료와 요리법을 상냥하게 설명해주던 직원, 초록 식물이 품어내는 신선한 기운과 향긋한 커피 냄새, 자리를 나누어 앉아 햇살을 즐기는 유리 안의 카페. 주문한 음식을 받아들고 사과나무 아래 벤치에 앉았다. 여름의 들꽃을 으깨 넣은 파스타, 레이스 같은 햇살이 앉은 로즈마리의 케이크. 그리워하게 되리라는 예감이 드는 오후를 우리는 천천히 맛본다.

철따라 꽃이 피어나는 아름다운 정원과 과실수가 있는 너른 마당, 직접 일군 밭에서 난 작물들, 감자와 토마토, 당근과 비트, 레터스와 로메인, 단호박과 브로콜리와 아스파라거스와 콜리플라워, 갓 수확한 채소와 과일로 만든 음식들, 단호박수프와 익힌 비트를 곁들인 생선요리, 콩을 올린 샐러드와 후무스, 연어 샌드위치, 채소파스타, 호밀빵과 자두잼, 꿀과 무화과의 파이, 당근케이크와 애플크럼블, 귀여운 강아지와 느긋한 고양이, 산책과 낮잠, 그리고 명료한 충족과 밀도 높은 고요. 내가 로젠달가든을 좋아하는 이유는 그곳의 풍경이 한번쯤 살아보고 싶은 삶의 작은 축소판이기 때문인지도 모른다. 그럴지도 모르겠다.

Bukett
55:- st
Basilikaolja
110:-

한낮의 그림자

스웨덴에 도착하자마자 찾아간 곳이 공동묘지였다면 그것 참, 독특한 취향이군, 할지도 모르지만 내가 생각해봐도 역시 조금은 이상하지만 이상하리만치 쾌청한 날씨에 오늘은 공동묘지, 라고 생각했다. 공동묘지라고 했지만 숲의 화장터라는 근사한 이름이 있고 이름 그대로 숲속에 죽은 이들이 잠들어 있는 곳이다. 무척 가보고 싶었던 곳이라는 얘기다. 어째서인지는 잘 모르겠다. 몹시 고요한 곳이리라고 짐작했고, 나는 조용한 곳을 좋아하는 편이다.

너무도 이상한 기분이 드는 장소였다. 울창한 나무와 침묵, 그늘과 햇빛, 산 자와 죽은 자가 경계 없이 한데 있는 곳. 눈부시게 빛나는 태양 아래, 사랑하는 이를 떠나보내는 장례식이 조용히 치러지고 있고 그 옆으로는 나무 사이로 조깅을 하고 개와 함께 산책하고 유모차를 미는 사람들이 한가롭게 지나다녔다. 종교적인 엄숙함이나 무거운 슬픔의 분위기는 없다. 떠나는 이를 배웅하는 마음이 햇살이 부드럽게 어루만지는 완만한 언덕을 타고 숲속으로 이어진다.

에리크 군나르 아스플룬드Erik Gunnar Asplund와 시구르드 레베렌츠Sigurd Lewerentz, 두 건축가가 25년에 걸쳐 1940년에 완성한 숲의 화장터Skogskyrkogården는 울창한 소나무 숲 사이에 조용히 자리하고 있다. 평생을 숲과 함께 하는 스웨덴인들의 마지막 집 역시 숲인 것이다.
묘비에는 죽은 이의 이름과 출생일과 사망일이 적혀 있다. 좋은 아빠였으며 가족들을 잘 웃게 만드는 유머러스한 사람이었으며 시인이었고 음악가였으며 최고의 낚시꾼이었다는, 생전을 기억할 만한 내용이 몇 개의 단어로 적혀 있기도 했다. 묘비 주변은 마치 작은 정원처럼 아름답게 가꿔져 있다. 꽃과 작은 나무와 조각상, 죽은 이가 좋아했거나 죽은 이를 사랑했던 이가 좋아하는 것들이 놓여 있다. 막 시들기 시작한 꽃다발이 가득 놓인 곳은 막 돋운 무덤 앞이었다. 그러다 나는 세상에서 가장 슬픈 무덤을 하나 발견한다. 태어나 일주일을 살다 떠난 아기를 위한 무덤 앞에는 작은 곰 인형이 하나 놓여 있었다. 나는 한참을 그 앞을 떠나지 못했다.
묘지 사이에 놓인 벤치 하나에 앉았다. 깊은 그늘을 드리운 소나무 가지 사이로 반딧불이 같은 빛이 떠돈다. 고요하지만 적막하지는 않다.

이런 곳에 이야기가 없을 수 없다. 그리고 그것은 당연하게도 유령이 주인공인 이야기다. 안개가 자욱한 깊은 밤. 잠들어 있던 수많은 유령들이 땅 위로 올라와 숲을 떠돈다. 그들은 때론 슬퍼하겠지만 그것은 산 자의 슬픔과는 다른 것이고 때론 기뻐서 춤을 출 것이다. 햇살이 떠도는 지금도 유령은 주위를 배회하며 어깨 너머로 내 노트를 넘겨다보고 있을지도 모른다. 유령이 들여다보게 내버려둔 채로 나는 얼마 전 초고를 완성한 소설의 한 부분을 생각한다. 계속 고치고 있지만 여전히 미흡한 부분에 대해 나는 곰곰이 생각해본다. 도대체 이 이야기는 어디로 가게 될까.

늘 그렇게 숲을 무서워하는 건 안타까운 일이라고 선생님은 말한다. 대체로, 혹 소리를 좀 내더라도 야생동물들이 달려들지 않는 산책로들이 있다고 한다. 그녀는 안전한 길을 알고, 지금쯤 그 길에 피어날 야생화들의 이름 역시 모두 알고 있다. 얼레지백합, 연령초, 웨이크로빈, 보라 바이올렛, 매발톱꽃, 초콜릿 백합 같은 꽃들.

"정확한 명칭이 따로 있을 것 같지만 나는 초콜릿 백합이라는 이름이 좋아. 굉장히 맛있을 것 같은 이름이지 않니? 물론 맛 때문이 아니라 모양 때문에 그렇게 부르지만. 으깬 딸기 같은 보랏빛이 살짝 섞인 초콜릿색이거든. 발견하기 쉽진 않지만 어디에 피는지 알고 있지."

—앨리스 먼로의 단편 <픽션> 중

앨리스 먼로의 소설은 한숨이 나올 정도로 근사하고 특히 숲에 관해서는 너무도 명료하고 우아하게 표현한다. 앨리스 먼로의 숲은 늘 아름답지만은 않다. 때론 거칠고 잔혹하며 어둡고 알 수 없는 뭔가로 가득 차 있기도 하고 아무것도 없이 텅 비어 있기도 하다. 나무와 풀과 야생화와 작은 동물과 맹수와 마른 잎과 축축한 흙과 공기와 햇살과 안개와 바람이 숲을 이루듯이 하나하나의 개인과 작은 사물, 평범한 일상, 사소한 오해와 갈등, 증오와 애정, 욕망과 좌절, 슬픔과 고통, 기억과 상실, 그리움과 후회, 눈에 보이지 않는 바람 같은 것들이 고요하게 아름답고 이상하면서 두근거리고 어쩐지 멀리 떠났거나 떠나갔다 온 듯한 이야기를 만들어낸다.

찾아보니 초콜릿 백합은 Fritillaria biflora가 정식 명칭이고 프리틸라리아의 일종이라고 하는데, 역시 초콜릿 백합이란 이름이 좋다. 몹시 우아하고도 신비로우며, 게다가 맛있게 들리기까지 하는 이름이다.

소설을 쓰는 건 내겐 낯선 숲에 들어가는 것과도 같다. 울창하고 깊어 종종 길이 끊기거나 지워진 거친 숲이다. 때론 길을 잃기도 하고 그 끝을 알 수 없어 두렵기도 하다. 나는 대체로 그런 숲에 들어가길 좋아한다. 처음에는 갈팡질팡하지만 걷기를 멈추지는 않는다. 그러다보면 어느 순간 착 감기는 리듬 같은 것이 느껴진다. 나만의 걸음과 호흡을 찾게 된다. 거스르거나 도망치지 않고 숲과 하나가 되는 것이다. 눈 아래 길만 보지 않고 시선은 좀 멀리 두는 게 좋다. 숲속에서 작은 꽃, 빛나는 잎 하나에 매혹되는 것도 좋지만 빠져 나와 돌아보는 것도 필요하다. 높은 곳에 올라 전체를 둘러보는 것도 좋지만 이것은 다소 에너지가 필요한 일이다. 시야를 확보하기 위해서는 높은 곳에 이르는 수고를 들여야 하기 때문이다. 처음에는 힘들지 몰라도 오르는 근육이 붙고 나면 처음보다는 쉬워진다. 그보다 중요한 건 숲을 보는 눈이다. 넓고 깊고 단단하고 유연하게 볼 수 있어야 한다. 그것을 통찰력이란 이름으로 불러도 좋을 것이다. 밝고 맑은 눈과 깊고 넓은 마음을 가지고 싶다. 그래서 나는, 글을 쓰는지도 모른다.

고개를 드니 저만치 떨어진 벤치에 앉아 있는 이가 보였다. 젊은 남자는 내가 벤치에 앉기 전부터 앉아 있었고 책을 읽고 있었다. 시간이 꽤 흘렀고 그는 여전히 책을 읽고 있었다. 그가 읽는 책이 무엇인지 궁금해졌다. 어깨 뒤로 슬쩍 넘겨다보고 싶고 그는 나를 유령으로 여겨줬으면 좋겠다.

가만히 기척이 느껴진다. 울창한 숲, 나무 뒤로 어른거리는 기척. 그것은 분명 이 세상을 떠나 숲의 정령이 된 존재들일 것이다. 두려운 생각은 들지 않는다. 그들의 세상은 분명 아름답고 따스할 거라는 느낌이 전해진다. 아마도 그럴 것이다.

여름 여운

CAFÉ

숲이 우거진 언덕을 오르자, 단숨에 여름이었다.

이런 곳에서 살아보면 어떨까 하고 생각해보는 곳들이 있다. 단정한 집들이 어울려 수수하게 아름다운 풍경을 이루고 조용히 산책할 만한 곳이 있고 신선한 채소를 팔고 맛있는 빵을 파는 가게와 괜찮은 커피를 내는 아담한 카페가 있는 작은 마을에서 그런 생각이 들곤 한다. 대개는 도심에서 떨어져 숲과 너른 벌판을 끼고 있거나 호수나 바다에 둘러싸여 있는 곳이다. 꼭 그런 곳에 왔다. 박스홀름Vaxholm은 도시 사람들이 바닷바람과 태양을 즐기러 오는 여름의 섬이다. 주말이면 제법 관광지다운 활기가 돌지만 번잡한 느낌은 전혀 없다. 물론 오랫동안 살아온 섬의 주민들도 있다.

물새가 그려진 작은 간판을 내건 소담한 카페는 아마도 가정집을 개조한 모양으로, 문을 없애긴 했지만 방의 위치와 형태가 그대로 남아 있었다. 카운터와 진열대가 놓인 곳은 거실이었고 거실 뒤로 부엌이 있고 세 개의 방이 있는, 창이 넓고 많아 볕이 잘 들고 겨울에는 외풍을 막기 위해 두꺼운 커튼을 달았을 것 같은 집이다. 피아노가 놓인 복도 안쪽 방의 주인인 소녀는 피아노보다는 종일 해변을 달리고 수영하는 것을 좋아하고, 그 옆 푸른 벽으로 둘러싸인 방은 오빠의 방으로, 오빠는 먼 도시에 있는 대학에 다니느라 방학 때만 집에 돌아오고 거실 옆의 가장 큰 방은 부모의 방인데, 아빠는 배를 타고 몇 달씩 바다 위에 있는 어부라 엄마는 매일 아침과 밤, 바다를 향해 난 창 앞에서 남편의 무사를 잠시 기도한다. 원래는 소녀의 할머니가 살던 집으로, 할머니는 아이들이 성장해 집을 떠나고 남편이 죽고 난 뒤에 꽃과 고양이를 기르며 지

냈다. 피아노가 놓인 소녀의 방은 할머니가 털이 크림색이고 코가 연한 핑크색인 고양이와 함께 자는 방이었고 나머지 열여섯 마리 고양이들은 거실과 두 개의 방에 저 좋은 자리를 차지하고 잠들었다. 할머니는 꽃과 고양이도 탐스럽게 길렀지만 근방에서 파이를 제일 잘 만드는 사람이었다. 봄에는 딸기파이, 여름에는 라즈베리와 블루베리파이, 가을과 겨울에는 사과파이를 만들었는데 가장 자주 굽는 것은 생선이었고 생선을 굽는 날에는 열일곱 마리 고양이가 할머니 주변에 모여 어서 달라고 야옹거리며 보챘다. 바닐라소스를 끼얹은 사과파이를 먹으며 그런 상상을 해보고 나는 이 이야기가 조금 마음에 든다. 열일곱 마리의 고양이와 파이가 나오는 부분이 특히 마음에 든다.

자두와 체리, 라즈베리와 블루베리, 바나나와 호두, 무화과와 레몬, 초콜릿과 아몬드. 둥그런 유리 덮개를 씌운 접시에 파이와 케이크가 종류별로 가지런히 놓여있는 진열대 앞에서 서로를 의지한 채 케이크를 들여다보고 있는 노부부, 나란히 앉아 샌드위치와 아이스크림을 올린 케이크를 먹으며 쉴 새 없이 종알대는 어린 남매(남매는 손을 잡고 빙빙 돌며 마룻바닥을 신나게 울리며 춤을 추기도 했다), 신중히 메뉴를 상의한 끝에 주문한 음식을 나눠 먹던 가족(조부모와 손자들로 보였다). 그들은 잠시 들른 여행자거나 이 도시의 오랜 주민일 것이다.
둘러보고 싶은 곳이 많았지만 나는 섬의 작은 카페에 오랫동안 앉아 있었다. 앉은 자리가 아늑했고 꽃무늬 벽지 위로 괘종시계가 걸려있는, 마치 스웨덴 할머니 집 같은 카페가 좋았기 때문이다. 파이가 맛있기도 했다.
몇 해 뒤 다시 찾았을 때 카페는 문을 닫고 더는 영업하지 않았다. 이 작은 섬에도 없어지고 새로 여는 가게들이 없을까만, 왠지 서운했다. 기억의 장소 하나가 사라지고, 더는 아름다운 벽지와 유리 덮개 속의 영롱한 파이는 볼 수 없게 됐다. 열일곱 마리의 고양이는 닫힌 문 뒤에서 발길을 돌리는 여행자들을 조용히 지켜보고 있었다.

BARIC

마을에서 가장 인기 있는 곳은 젤라또 가게다. 젤라또를 손에 든 사람들은 모두 한 방향을 향해 앉아 있었다.
바다를 향해.

심사숙고, 망설임과 떨림. 젤라또 주문대 앞에서는 누구나 진지해진다.
늘 갈등하고 주문하고 나서도 미련 많은 나를 위해 두 가지 맛을 올려주는 콘을 주문한다. 세 가지 맛으로 살 걸, 하고 후회하는 나는 그냥 먹보였다.

창에 드리워진 레이스 커튼, 레모네이드의 노랑, 활짝 핀 칸나가 가득 채워진 화병, 부드럽게 녹아내리는 클로티드크림, 갓 구운 스콘, 쿠키와 머랭, 굵은 설탕이 박힌 카네블레, 딸기를 올린 크림케이크, 캐러멜소스와 검붉은 잼. 정원에는 바질과 로즈메리가 수북이 덤불지어 자라 향기를 내뿜고 하얀 테이블보 위에 놓인 차가운 벌꿀 색의 와인. 바람이 부드럽게 불어오고 눈을 들면 푸른 바다였다.

섬의 카페가 문을 열면 여름이 멀지 않았다는 뜻이다. 창문을 열어젖혀 겨울의 흔적을 말끔히 날려버린 뒤 빛나는 햇살을 불러 모은 부엌에 오븐이 데워지고 밀가루와 설탕가루가 날리고 훈기가 바람을 타고 섬의 이곳저곳, 언덕을 올라 작은 광장을 지나 골목길을 돌아 섬은 온통 달콤한 냄새로 뒤덮인다. 여름이 왔고 맛있는 파이를 먹을 수 있는 계절이었다.

때론 계절이 데려오는 기억이 있고 그 안에 변하지 않는
빛나는 풍경이 있다.

Fiskaregatan

작은 기억의 조각들을 불러 모은 덕분에
밤의 몇 장면을 잃고
호숫가 작은 오두막집에서 밤새
깊고 두터운 잠을 잤다.

은빛 지느러미

그 여름에 나는 마지막 기차역이 있는 작은 마을에 사는 이의 집에 초대받았다.

이층 창가에 붙여놓은 테이블에 앉아 무화과와 치즈를 올린 빵과 소스를 친 감자와 삶은 달걀을 나누어 먹고 연한 치자색이 도는 와인을 한 모금 마신 뒤 나는 창밖을 눈으로 가리키며 물었다.

– 호수인가요?

– 바다로 이어지죠.

점심을 먹고 나서 우리는 바다와 이어진 호수 둘레를 산책하고 낮은 울타리 너머 장미가 피어 있는 집들을 지나 숲을 걸었고 숲은 조금씩 경사가 있는 길로 바뀌어 어느덧 언덕 꼭대기에 도착했다. 채도가 낮은 붉은색이 대부분이고 이따금 푸른색과 레몬 색이 섞인 집들이 모여 있는 마을은 진녹색 둥지에 폭 싸여 있고 그 너머로 호수 혹은 바다일지도 모를 푸른 물이 담담히 펼쳐졌다. 멀리 뻗은 레일 위로 기차가 들어오고 있었다. 모든 것이 작고 꿈처럼 아련하게 보였다.

– 아름답네요.

– 그런가요?

– 이런 곳에 살고 싶어요.

그 말에 지인은 말없이 미소만 지었다.

기차역까지 배웅하러온 지인은 내게 다시 놀러오라고 했고 나는 그러겠다고 했지만 그러지 않을 거라는 건 둘 다 잘 알고 있었다.

책을 읽을 때 마음에 드는 구절이 있으면 포스트잇으로 표시를 해두는 습관이 있다. 그러다 보면 어떤 책은 온통 빨강, 파랑, 초록 포스트잇이 다닥다닥 붙기도 하는데 그런 책을 만나는 건 매우 드물고 기분 좋은 일이다. 언젠가 카페에서 친구를 기다리며 책을 읽고 있었다. 이상하게도 그럴 때 읽는 책은 놀랍도록 재미있다. 지하철을 타고 목적지까지 닿는 동안, 누군가를 기다리는 잠시, 잠들기 직전의 나른하고 몽롱한 시간. 어쩌면 사람은 주어진 본연의 시간보다는 시간과 시간 사이의 짧은 틈에 집중력이 최고가 되는지도 모른다. 공교롭게 포스트잇이 다 떨어졌는데 마음에 드는 구절이 자꾸만 나왔다. 나는 책을 접는 것을 몹시 싫어해서 할 수 없이 포스트잇 대신 직원이 커피와 내준 냅킨을 가늘게 찢어 책 사이에 끼워 넣기 시작했다. 생각보다 꽤 늦게 친구가 도착했을 때, 책은 냅킨의 갈기를 가지게 되었다. 어찌 보면 예술 작품 같기도 했다.
기차를 타고 종착역이 있는 마을까지 가는 동안 펼친 책을 한 구절도 제대로 읽지 못했다. 바깥 풍경에서 눈을 뗄 수 없었기 때문이다.
붉은 집들과 느리게 스치는 풍경, 벌판, 외딴 나무, 고성의 첨탑, 그 위에 흘러내리는 노란 햇살. 마냥 바라볼 수밖에 없는 것들이 있다.

마을을 다시 찾은 건 겨울 초입이었다. 바다로 이어지는 호수가 내려다보이는 집은 그대로 있었지만 다시 놀러오라던 사람은 이제 그곳에 살지 않았다.
그때처럼 기차역으로부터 호숫가를 지나 언덕으로 이어지는 숲으로 향했다. 숲의 어귀에 있는 집들의 마당에 꽃은 사라지고 크리스마스 준비가 한창이었다. 키 작은 침엽수는 오너먼트로 장식되고 붉은 포인세티아 화분이 놓이고 현관문에는 솔방울과 호랑가시나무 가지를 엮은 커다란 리스가 걸렸다.
지난번 방문 때 그가 해준 말이 기억났다. 스웨덴인들은 매우 열심히 정원을 가꾸고 마찬가지로 집 안을 장식하는데, 가장 공들여 꾸미는 곳은 창문이라고 했다. 보이는 것을 중요시 하는 사람들이란다. 덕분에 자신도 여름 내내 마당에 쭈그리고 앉아 잡초를 뽑고 수영장 청소를 했다고 말했다. 그동안 내가 스웨덴인들에 대해 들었던 것과는 다른 말이어서 조금 놀랐다. 스웨덴인들은 남에게 관심 주지 않고 남의 이목에도 신경 쓰지 않는 걸 미덕으로 여긴다고 나는 들은 적 있었다. 얀테의 법칙Law of Jante, 그런 것도 있지 않나. 요약하자면 넌 남보다 잘나지 않았고 아무도 너한테 관심 없으니 너도 타인에게 관심 꺼라, 그것이 얀테의 법칙이었다.
– 그럴지도 모르죠. 하지만 들여다보고 싶은 건 인간의 본능이잖아요.
그렇게 말하고 그는 빙긋 웃었다.

겨울의 호수는 여름과는 달랐고 더 좋다거나 덜 좋다거나 하고 견주는 마음 없이 그리운 물색이 담담히 펼쳐졌다. 태양 아래 빛나던 모래사장과 반짝이던 바다는 색과 소리는 적어지고 푸른 얼음과 하얀 빙하의 물이 끝없이 일렁였다. 손이 싸늘해질 때쯤 바닷가 작은 식당 안으로 들어가 따뜻한 수프와 버터를 바른 빵과 소스를 친 감자를 먹었다.

점심을 먹고 나자 어둑해졌고 오후 3시 50분 기차를 타고 도시로 돌아오는 길에 풍경은 점차 사라지고 검은 차창에 희미하게 내 얼굴이 비쳤다. 겨울 숲은 검푸른 수조 속을 헤엄치는 은빛 물고기의 지느러미처럼 창백하게 아름다웠다.

시나몬의 숲

새벽 같은 낮이고 백작약 같은 눈이 내리고 있었다.
백 년 만에 온 큰 눈이라는 뉴스를 누군가에게 전해 들었던 아침에는 오랫동안 창 앞에 앉아 있었다. 연거푸 차를 끓이는 계절이 왔다.

바람 따라 훨훨 내리다 꽃처럼 어깨에 앉은 눈송이. 지워진 길과 눈을 뒤집어쓴 나무. 하얀 눈에 덮인 메르헨의 풍경. 아무도 가지 않는 길 위의 눈을 치우는 사람이 있었다.

하얀 세상은 어린아이들의 신나는 놀이터가 되었다. 펭귄처럼 뒤뚱거리며 비탈길을 올라 썰매를 지치는 아이들. 얼굴만 동그랗게 내놓은 꽃무늬 방한복이 귀여워 자꾸만 바라보게 된다. 눈보라를 일으키며 내려오던 썰매가 푹 처박혀 엇, 하고 놀랐는데 눈 속에서 까르르 웃음소리가 터져 나온다. 빨간 스웨터를 입은 강아지는 눈 위에 귀여운 발자국을 내며 사박사박 걷고 그 뒤를 따라 조심조심 걸음을 옮기는 할머니. 할머니의 카디건은 강아지의 스웨터와 비슷한 무늬다. 눈 덮인 겨울 전나무 향기를 품은 공기는 차갑고 신선한 맛이다. 추울수록 더욱 싱싱해 보이는 거대한 전나무와 그것을 푹 뒤집어 씌울 정도의 많은 눈. 빛이 움직일 때마다 소리가 났다. 사르락 사르락. 마치 천천히 부는 바람 소리 같았고 은실처럼 풀려나오는 피리 소리 같기도 했다. 젖은 바닥을 조심하라는 말을 인사 대신 들었던 카페에서 커피와 갓 구운 시나몬롤을 먹고 집으로 돌아오는 길에 다시 눈이 내리기 시작했다.

Kaffein

진의 부엌에는 모양과 크기가 다른 접시와 그릇이 가득했다. 손님들이 잠시 머물다 가는 집답지 않게 향신료도 꽤 다양하게 구비되어 있었고 눈 내리고 밤이 일찍 찾아오는 진의 집에 머무는 동안 자연스레 요리를 자주 하게 되었다. 공간마다 다른 무늬의 벽지를 바른 집은 무척 아름다웠고 침대가 폭신했으며 근처에 맛있는 프린세스케이크를 파는 카페가 있었다. 심지어 진의 집은 숲속에 있었다.

<리틀 포레스트>란 영화를 좋아한다. 일본 영화도 좋지만 김태리가 나오는 영화 쪽이 더 좋다. 몇 번이나 봤는데도 티비에서 해주는 걸 우연히 보게 되면 무심코 눈을 두고 넋을 놓고 들여다보곤 한다. 기억이 맞는다면 한겨울 어느 날 집에 돌아온 김태리(웬일인지 영화 속 이름은 잘 기억나지 않는다)가 처음 만들어 먹는 음식은 언 땅에서 뽑은 배추 한 통으로 만든 배춧국과 솥에 지은 밥이다. 김이 나는 밥을 크게 한 입 먹고 후루룩 후루룩 소리 내며 국물을 떠먹다 그릇을 들고 마시는 장면에서 나도 모르게 침을 꿀꺽 삼켰다. 멸치와 다시마로 국물을 낸다거나 다진 마늘 한 숟가락을 넣는 장면은 나오지 않지만 차가운 겨울밤과 서늘한 달 아래 살짝 언 배추, 먼 길을 돌아온 피로와 허기, 그것만으로 이미 그 맛을 짐작하기 충분했다.
영화를 보고 나서 밤조림을 만들어보고 싶어졌다(영화나 책을 보고 나면 감동과 여운 같은 건 됐고, 먹고 싶어지는 식탐대마왕입니다). 보통은 바로 달려 나가 사먹는 편인데 밤조림만은 직접 만들어야 제대로 맛을 느낄 수 있으리라는 직감이 들었다(이쪽에 촉이 있는 편입니다). 진지하게 인터넷에서 레시피를 찾아 읽다가 밤조림은 인내와 기다림의 음식이라는 글을 읽고 조용히 포기했다(인내와 기다림은 누구 못지않게 모자란 편입니다). 저 맛있어 보이는 걸 왜 한번에 두어 개밖에 안 먹나 했는데, 아껴 먹는 데에는 다 이유가 있구나 싶었다. 그건 그렇고 김태리는 밤톨처럼 예쁘고 단단해 보이는 배우라고 생각한다. 먹는 모습도 웃는 모습도 근사하고 호방해서 정말 마음에 든다. (이것 참, 정말 뜬금없는 고백이군요.)

58

하얀 입김을 토하며 숲을 걸어온 밤에는 뜨겁고 든든한 것이 먹고 싶다. 언 몸을 포근하게 감싸주는 따끈한 국물 같은 것. 밤에 끓이는 국물은 심플해야 한다. 재료도, 만드는 법도 단순하면서 맑고 깊은 맛이 나는 것이 좋다. 내겐 오랜 여행을 위해 준비해온 것이 있다. 와치필드의 다얀이 만드는 달수프는 바람도 얼어붙는 추운 밤에 수프에 비친 달을 살며시 담아 따뜻하게 데워 먹는 수프, 레시피에 따르면 채소를 넣은 버터 색 수프에 수란을 살짝 띄워 만든다. 오늘은 달수프의 레시피를 꺼내야 하는 밤이다. 우선은 창을 열고, 나는 밤하늘을 올려다본다.

달은 희미하게 하얗고, 총총한 별은 싸늘하게 빛났다.

지하철역에서 거리로 나가니 갑자기 눈이 쏟아졌다. 회색 공기 속으로 외투 깃을 올리고 걷던 사람들이 사라져 버리더니 도시의 형체가 흐릿해진다. 눈 속으로 희미하게 들려오는 노면전차의 종소리. 전차를 기다리던 사람들은 어디로 가버렸는지 보이지 않는다. 눈송이가 휘몰아치고 우리는 부연 세상 속으로 걷기 시작한다.

크리스마스가 한참 남았지만 커다란 트리가 길 위에 서기 시작하고 크리스마스마켓이 열리는 광장에서는 글뢰그glögg 냄새가 풍겨온다. 붉은 와인에 계피와 설탕, 건포도와 아몬드를 넣고 끓여 뜨겁게 마시는 이 음료는 가게 주인의 솜씨에 따라 조금씩 맛이 다르다. 저 집 글뢰그가 최고일 것 같다는 짐작은 나뿐만이 아니었는지 핸섬한 할아버지의 가게에는 긴 줄이 늘어서 있고 한참 기다린 끝에 메리 크리스마스, 라는 인사와 함께 받아든 뜨거운 와인은 술이라고 느낄 새도 없이 목구멍을 타고 몸속으로 들어가 훈훈하게 열을 낸다. 겨울 술은 추위와 함께 마셔야 한다. 꽁꽁 언 손으로 김을 후후 불며.

침엽수의 숲을 조용히 비추는 달과 고독한 나무의 희미한 그림자. 나는 밤에만 들려오는 이야기에 귀를 기울이고 작은 발코니가 있는 부엌에서 불 위에 올려놓은 냄비는 보글보글 끓는 소리를 낸다. 오렌지와 사과, 레몬즙, 클로브와 시나몬. 사향과 자작나무, 여름의 별과 야생화, 딸기와 버섯, 호수와 열기, 전나무와 눈의 냄새. 뜨겁고 달콤한 와인에서는 단잠과 눈물 맛이 나고 밤새 나는 몇 장의 책을 읽고 몇 줄의 글을 적은 뒤 선반에서 접시와 빛을 잃은 은수저를 꺼내 닦은 뒤 종이로 싸고 스웨터를 접어 트렁크에 넣으며 아무도 나를 모르는 곳에 가서 살고 싶다고 생각한다. 아직 밤은 깊고 숲의 기척이 가만히 느껴진다. 탁자 위에는 시나몬 자국이 향기를 내며 남아 있다.

숲과 잠

2쇄 2021년 8월 18일

지은이	최상희
디자인하고 펴낸이	최민
펴낸곳	해변에서랄랄라
출판등록	2015년 7월 27일 제406-2015-000098호
주소	경기도 파주시 가온로 205
문의	031-946-0320(전화), 031-946-0321(팩스)
전자우편	lalalabeach@naver.com
블로그	blog.naver.com/lalalabeach
인스타그램	@lalalabeach_
ISBN	979-11-970613-0-1